# 俊介《しゅんすけ》とおばあちゃんの竜天山《りゅうてんやま》

中村千鶴子《なかむらちづこ》　作
有賀　忍《ありがしのぶ》　板絵

もくじ

1 — あきおばあちゃん　俊介《しゅんすけ》の家にくる——5
2 — おばあちゃんが　へん！——13
3 — あきおばあちゃん　なごみの家にはいる——31
4 — 俊介ひとりで　なごみの家に行く——42
5 — ガキ大将《だいしょう》だった　あきおばあちゃん——51
6 — 俊介　あきちゃんと竜天山《りゅうてんやま》で遊ぶ——68

7　ママの妹　優子《ゆうこ》おばさん――96
8　雑木林《ぞうきばやし》のなかで――101
9　なごみの家　立ち上がる――120
あとがき――128

# 1　あきおばあちゃん　俊介《しゅんすけ》の家にくる

東北《とうほく》のいなかで、ひとり暮《ぐ》らしをしていたあきおばあちゃんが、東京郊外《とうきょうこうがい》の、千葉県《ちばけん》柏市《かしわし》の、俊介の家で暮《く》らすことになった。

俊介が二年生になってまもなくのことだ。

琴美《ことみ》お姉ちゃんがおぼえているのは、こわーい感じのおばあちゃんだという。

そんなおばあちゃんと、いっしょに住むなんて、いやだなと思いながらも、俊介はママにいわれてむかえに出たのだ。

むかえにいったパパの車が、今、マンションの入り口についた。

あきおばあちゃんは、もうすぐ八十歳《さい》になるパパのお母さんだ。

この間、山に山菜《さんさい》をとりにいって、木の根っこにつまずき、ころんで足を痛《いた》めてしまった。

それを聞いたパパは、心配して、じぶんたち家族といっしょに、暮らそうとさそった。

でも、おばあちゃんは、いなかを離《はな》れるのをすごくいやがった。

何度も何度も、パパとママにさそわれて、おばあちゃんは、いやいやながら、街でみんなと暮らすことになったのだ。

パパの車から、つえをついて、ゆっくりと降《お》りてきたおばあちゃんは、小さな花がらのあずき色のブラウスに、黒っぽいズボンをはき、肩《かた》まで伸びた真っ白な髪《かみ》の毛を、ゴムひもでたばねていた。

車にかけ寄《よ》ったママは、手をさし出した。

「おかあさん、お疲《つか》れさまでした」

あきおばあちゃんは、ほんの少しうなずいただけで、ママがさし出す手を、見えてないように無視《むし》した。

俊介は、あっけにとられた。

（やっぱり、こわそうな、おばあちゃんだ…）

車のなかから、おばあちゃんの持って来た、わずかばかりの荷物を、出し終わったパパが、これから住むマンションの、五階の部屋を指さした。

「かあさん、あそこが、これからかあさんが住む家だよ」

あきおばあちゃんは、ビルを見上げてぶっきらぼうにいった。

「はあー、そうかい」

（いやな感じの、おばあちゃん）

俊介は、ママの後《うし》ろにかくれて、体をかたくした。

体をそらして、俊介を見つけた、あきおばあちゃんがゆっくりと寄《よ》って来た。

「俊介くんかい？　大きくなったね。二年生になったんだよね。あれっ、お姉ちゃんの琴《こと》美《み》ちゃんは？」

勉強があるといって、むかえに出て来てない、お姉ちゃんのことを聞いた。

ママがすぐにいった。

「部屋のなかでまってるんですよ」

俊介は、おばあちゃんが、じぶんのことを二年生だとおぼえていてくれたことが、ちょっとうれしかった。

（おばあちゃんは、もしかして、こわくないのかな？）

さっそく、エレベーターで、マンションの部屋にむかった。

おばあちゃんに、部屋をあけ渡《わた》した俊介と同じ部屋になった、五年生の琴美お姉ちゃんは、おばあちゃんの、頭から足の先までさりげなく見て、ちょっとだけ頭をさげた。

じぶんの住む部屋に案内《あんない》されたおばあちゃんは、小さなため息をついて、部屋のなかをながめた。

それから、パパやママにすすめられるまま、あきおばあちゃんは、近所の病院にも通《かよ》いだし、新しい生活がはじまった。

来たときは、つえをついていたおばあちゃんだったが、三ヶ月もするとつえを手ばなした。

ママはそれに合わせるように、近くのコンビニにパートに出ることになった。

いそがしいママにかわり、あきおばあちゃんは、食事の用意をしてくれることもある。

あまり、しゃべらなかったおばあちゃんも、ぽつりぽつりと、話すようになり、俊介と琴美お姉ちゃんも、だんだんとなれていった。

さいしょに思っていた、こわいおばあちゃんという感じは薄《うす》れていた。

その反対に、おばあちゃんを見ていると、俊介には気になることがあった。

それは、ときどき窓《まど》から空をながめている、おばあちゃんのまるい後ろ姿《すがた》が、すごく元気がないように見えるのだ。

（おばあちゃん、何を考えているんだろう）

琴美お姉ちゃんは、なれてくると、平気でずけずけというようになった。

「おばあちゃんのかっこう、いなかくさい。それに、おばあちゃんの作る料理は、いつも同じようなものばっかりで、あきちゃうわ」

俊介は、お姉ちゃんのいいかたは、冷たいんじゃないかと、あわてておばあちゃんの肩《かた》を持った。

「でも、ぼく、おばあちゃんの煮物《にもの》すきだよ。パパだってよろこんでるよ」

あきおばあちゃんは、口をへの字にむすび目をしばたくと、着ているこげ茶のブラウスをそっとなでた。

「そうかい。これでも気をつかっているつもりなんだけどねえ。それに、ばあちゃんは、いなか料理しかしらないんだよ」

お姉ちゃんはすまし顔だ。

「ママにならえば、いいと思いまーす」

肩《かた》を落としたおばあちゃんは、空の雲でも探すように窓《まど》の外をながめた。

俊介の胸《むね》がざわついた。

俊介は、そんな事があってから、なるべく、おばあちゃんの部屋に行くようにして、学校での出来事《できごと》など、ママやパパよりこまかくいろいろ話して聞かせた。

おばあちゃんは、どんな話でも、うんうん　うなずきながら、聞いてくれる。

三日前、学校から帰った俊介は、なかよしの大輝《だいき》くんと、いたずらをして、先生に廊下《ろうか》に立たされた話をした。

「大輝《だいき》くんがね、ちいちゃな声でね、『つまらないから、しりとりする?』っていって。それでね、やったの」

いすに座《すわ》っていた、あきおばあちゃんは、両手をひざにおくと、俊介の話のつづきをまった。

「それじゃあ、立たされているから、た、から、はじめようぜって、ぼくがいってさ」

俊介は、思いだして、くふっとわらった。

「大輝《だいき》くんが、『じゃあ、たいそう』って、いったの。そしたらね……」

あきおばあちゃんは、話をせかすように、顔をつき出した。

「『おお、そうか。体操《たいそう》したいか。では、グラウンド十周！』って、先生が教室のなかから、顔を出したの。聞こえていたんだ！」

あきおばあちゃんは、口を開けて、あら―っといった。

俊介《しゅんすけ》は、大輝《だいき》くんのまねをして、声をはりあげた。

「『た、は、やめます』って、大輝《だいき》くんが、さけんだの！」

あきおばあちゃんは、口もとにしわを寄《よ》せ、クスクスとわらった。

「おもしろい友だちだねえ」

おばあちゃんが、わらうのをはじめてみた俊介は、わらい声につられた。

「ねえ、ねえ、おばあちゃんにもおもしろい友だちとかいる？」

すると、おばあちゃんは、にっこりした。

「いるともさ。いろんな友だちがね」

「そうなんだ」

俊介は、おばあちゃんの友だちって、どんな友だちなんだろうと思った。

（やっぱり、みんなおばあちゃんなのかな？）

それから、俊介とあきおばあちゃんは、以前よりも、いろいろと話すようになった。

# 2　おばあちゃんが　へん！

公園のいちょうの木の葉が、黄色くなりはじめた、秋のある日の午後。

学校から帰ってきた俊介と、出かけようとするあきおばあちゃんが、マンションの出入り口で、ばったり会った。

あきおばあちゃんは、お気にいりの布の手さげ袋《ぶくろ》を軽くふると、街のなかへ出て行った。

「わたし、きのこをとりにいってくるわ」

俊介は、首をかしげた。

（この辺にきのこなんか、生《は》えているところなんてないのに……）

俊介は、ハッとした。

もしかして、おばあちゃんボケちゃった……そんなぁー。

（どうしよう、どうしよう）

おばあちゃんの、うしろすがたを見送った俊介は、家にかけこんだ。

でも、家にはだれもいなかった。

いつもうるさいと感じている、琴美《ことみ》お姉ちゃんも、まだ帰ってない。

（ママに連絡《れんらく》して、なんでもなかったら、こまるし…）

俊介は、やきもきしながら、ママの帰りをまった。

夕方になり、ママが仕事から帰って来た。

玄関で待っていた俊介は、おばあちゃんのことをかんたんに話した。

「学校から帰って来たら、おばあちゃんが、きのこをとりにいくって、出ていっちゃったんだけど……」

「ええっ、それでまだ帰って来てないの！」

ママは、顔色を変えて、俊介の背中《せなか》をどんと押し出した。

「おばあちゃんが、行きそうなところを探《さが》して！　ママはパパに電話してから、すぐに追うから」

「わかった！」

俊介は、ドキドキしながら、くつをひっかけ玄関をとび出すと、急いでエレベーターのボタンを押した。

追いついたママを乗せ、エレベーターは一階出口へとむかった。

エレベーターを出た俊介とママは、木のありそうな公園や学校の庭など、けんめいに探《さが》しまわったが、おばあちゃんは見つからない。

会社で会議中のため、ぬけ出せないパパが帰って来たのは、もう暗くなってからだった。

それからも、おばあちゃんを探したが、見つからず、時間ばかりがたっていった。

俊介は、もしかしてと思った。

「ぼく、おばあちゃんが帰っているか、家をみてくる！」

猛《もう》ダッシュで家にもどったが、真っ暗な部屋のなかは、シーンとしていて、ひとの気配《けはい》はない。

俊介は、くちびるをかんだ。

（あのとき、ぼくが、止めていれば……）

じきにパパとママも、もどって来た。

玄関でいっしょになった、琴美《ことみ》お姉ちゃんも、階段の下の方をのぞきこんだ。

パパは、声をおとした。

「だめか。もどってないか……」

俊介は、力なく首をふった。

「うん、帰ってない……」

ママは、俊介の脱《ぬ》ぎっぱなしのくつを整理すると、くいっと頭を上げ、ふっきるように、パパにいった。

「警察《けいさつ》にとどけましょう」

パパも疲《つか》れたようすだ。

「そうだな。そうしょう。電話したらいいのかな。それとも、交番へいったほうがいいのかな」

そのとき、電話が鳴った。

おばあちゃんを保護《ほご》していると、近所の交番からだ。俊介はホッとした。

「よかったあ！」

急いでむかえに行くと、あきおばあちゃんは、不満そうにうったえた。

「ここらは、秋なのにきのこ一本出てないよ」

おまわりさんは、かぶっていた帽子《ぼうし》をとると、髪《かみ》の毛をごしごしこすった。

「この先にある、今井さんという家の庭に、はいっておられましてね。ええ、けっこう木があるお宅なんですよ」

パパとママは顔を見合わせ、ハーッと、深いため息をついた。

それからも、何度か似《に》たようなことがあり、俊介の家のなかの空気が、なんとなく、ぎくしゃくしはじめた。

せっかく、なれてきたと思ったおばあちゃんも、来たとき以上に無口になった。

そんなおばあちゃんに、声をかけていいのか、どうか、俊介はためらい、いつしか、おばあちゃんとの会話も、とぎれがちになっていった。

秋がすぎ、冬も去り、マンションのなかにも、早春の気配《けはい》がしはじめた、日曜日の午後。

「もう、決めた、決めた」

あきおばあちゃんの部屋から、家じゅうにひびくような大きな声がした。

おどろいた俊介が、一番におばあちゃんの部屋にとび込んだ。

見ると、髪《かみ》の毛をぼさぼさにした、おばあちゃんが、いなかから出てきたときに持ってきた、古いビニールのバッグに、じぶんの衣類をぎゅうぎゅうと、ごういんにつめこんでいる。

「こんなビルばっかりの街では、息がつまっちゃう。わたし、宮守村《みやもりむら》に帰る！」

家族全員が、おばあちゃんの部屋に集まった。

パパは頭をかかえている。

「そんなこといって、今さらいなかに帰ったって、ひとりで暮《くら》せないだろう。ぼくらだって、生活があるから無理だし……」

ママもひっっしで、おばあちゃんをなだめた。

「こんど、山のなかにある温泉にでも行きましょうね。おかあさん、どこにしましょうか？」

でも、おばあちゃんは、ママの話すことなど、聞いていないようだった。

パパは、おばあちゃんのバッグを無理やり取り上げて、部屋を出ていった。

肩《かた》を落としたおばあちゃんは、パパの後ろすがたをボーッと見送っている。

（おばあちゃん、いなかに帰りたいんだ……）

俊介は、どうしていいかわからず、ただ、おばあちゃんの横顔を見つめた。

琴美《ことみ》お姉ちゃんは部屋にもどりながら、つぶやくようにいった。

「わがままなんじゃないの」

それからいく日かして、ママが夕ご飯のとき、みんなに、さりげなく話しだした。

「あのね、柏《かしわ》駅から一時間ちょっと乗るとね、光風台《こうふうだい》という駅があるの知ってる？　そこはもう、木々《きぎ》がいっぱいなんですって」

ママに向かいあって座っているパパは、うん？　と、ママを見た。

「ああ、たしか光風台という駅があったな。それで？」

ママは、こくりとうなずいた。

「光風台駅から、歩いて行けるところに、お年寄りのグループホームがあるんですって…」

ママがパート先の友だちから、老人ホームなごみの家の話を聞いてきたのだ。

俊介は、ハッとして、おかずをとろうとしていた手を止めた。

琴美お姉ちゃんは、食べていたごはんを、ごくりと飲みこんだ。

おばあちゃんだけは、もくもくと、はしを動かしている。

パパがママをせかせた。

「それで？」

ママは、じぶんにもいい聞かせるように、はっきりといった。

「パート仲間の、山田《やまだ》さんのしんせきが、そこのホームを経営《けいえい》していて、いま空室があるそうなの」

俊介の心臓《しんぞう》が、ドッキン、ドッキン鳴った。

「それって、おばあちゃんに、どうかっていうこと？」

お姉ちゃんは、あわてて、横にいるおばあちゃんをのぞきこんだ。

ママは、俊介の問いかけに答えず、いきおいをつけていった。

「そこはね、雑木林《ぞうきばやし》のなかにあってね、あたりは、緑がいっぱいなんですって！」

パパの声がだんだん高くなった。

「いいじゃないか！　ここから電車で一時間ちょっとで行ける場所で、緑が多いのなら、願ったりかなったりだよ。ねえ、かあさん」

あきおばあちゃんは、チラッとパパを見ただけで、食事をつづけている。

パパはおおよろこびだ。

「よし、ものは、ためしだ。行ってみよう。もし、かあさんが気にいったら、決めてもいいな」

ママの表情も明るい。

「そうでしょ。そう遠くないから、いつでも行けるし、おかあさんだって、好きなときに帰って来られるわ」

俊介は、（おばあちゃんは、どう思っているんだろう）と、正面《しょうめん》に座っているおばあちゃんの表情をうかがったが、おばあちゃんは、ひとごとみたいに、何もいわず、おとうふのみそしるをすすっていた。

その週の土曜日。

パパの運転する車で、さっそく、老人《ろうじん》ホームなごみの家を、塾《じゅく》がある琴美《ことみ》お姉ちゃんを残して四人で見に行くことになった。

パパの横にママ。後ろの席に、おばあちゃんと俊介が乗った。

あきおばあちゃんは、いやというふうでもなく、喜んでいるふうでもなく、無関心のまま車に乗っている。

（おばあちゃん、いやなのかなあ。それともうれしいのかなあ……どっちなんだろう？）

俊介は、やきもきした。

パパの運転する車は、俊介の住む街をぬけると、じきに広い幹線道路《かんせんどうろ》にはいった。

しばらくして、パパが道路の標識《ひょうしき》を見ながらハンドルをゆっくりと切った。

「さあ、すぐ農道になるぞ」

パパの運転する車は、幹線道路《かんせんどうろ》を左に曲がった。すると、今まで見えかくれしていた、田や畑が、目の前にパーッと広がった。

野菜《やさい》の種類によって、黄色や、濃《こ》いみどりや、薄《うす》いみどり色もあって、街にはない春があった。

俊介の横であきおばあちゃんが、もぞもぞ動いた。

その顔を見て、俊介はおどろいた。

まぶしそうに目を細めている、おばあちゃんの横顔は、家を出てきたときの表情とは、まったくちがって、鼻歌でも歌いだしそうな感じで生き生きしている。

（よかった、おばあちゃん。うれしそうだ）

車のなかまで、明るくなった感じがした。

車は、快適《かいてき》に農道を走りつづけた。

二十分ほど走ると、カーナビを見ていたママが確認《かくにん》するように、体をのばし、先のほうに見える、長細い駅舎《えきしゃ》を指さした。

「ほら、あれが光風台駅《こうふうだいえき》よ」

パパは大きくうなずいた。

「じゃあ、もうじきだな。電車でくると、あの駅で降《お》りるんだ。ちょっと、見てみるか」

パパはさらに車を走らせ、駅前の道路に車を止めた。改札口《かいさつぐち》が三つの小さな駅だ。

駅前には小さなスーパーみたいなお店と、反対側に雑貨屋《ざっかや》さんがある。

風がよく通りぬけそうなホームには、おばさんがふたり、電車をまっていた。

俊介は、ひと通りのまばらな、駅のまわりを見て、（いなかの駅だなー）と感じた。

「すごーい、いなかの駅だね。ひとにまじって、たぬきとか、きつねが乗るんじゃないの」

するとおばあちゃんは、うきうきとはずんだ声を出した。

「そうかもしれないよ」

パパは、「そんなあ」と、バックミラー越《ご》しにおばあちゃんを見た。

俊介には、パパの声が、うれしそうに聞こえた。

「さあ、つぎはなごみの家だ」

パパは、はずみをつけるように、駅前の道路をユーターンして、そのまま、まっすぐ三〇〇メートルくらい先の雑木林《ぞうきばやし》をめがけ、アクセルをグインとふんだ。

すぐに交差点があり、そのまままっすぐ行けば、自然と雑木林にはいる。

雑木林《ぞうきばやし》の入り口に「なごみの家」と矢印が書かれた、木の看板《かんばん》が立っていた。
看板《かんばん》を見ただけで、俊介はきんちょうした。
（いよいよだぞ）
雑木林にちょっとはいっただけで、林のなかのせまい道の左右は、雑草《ざっそう》や笹《ささ》がおい茂《しげ》り
その奥《おく》には、枝葉《えだは》をつけた、背《せい》の高い木々《きぎ》が空に向かってのびている。
とつぜん、あきおばあちゃんは、右の手のひらを、ひざで何回かこすると、ドアについ
ているスイッチをおした。
おばあちゃん側の、窓《まど》がスーッと開いた。
ひんやりとした風が、車のなかにはいった。
俊介は目を丸くした。
「おばあちゃん、はじめて、じぶんで窓を開けた」
すぐに、ママも窓を開けた。
「空気の入れかえね。都会とはちがう空気。おいしいわ。あらっ、あれがそうかしら」
ママが指をさしたその先に、立ちならぶ木々《きぎ》の間をぬって、薄《うす》いクリーム色の建物がチ

ラチラと見えた。

俊介は、体を前にのり出した。

あきおばあちゃんは、はいってくる風にむかって顔をむけ、軽く目を閉じている。

到着《とうちゃく》した、広い一階建てのなごみの家は、雑木林《ぞうきばやし》のなかの一部のように、すっぽりとおさまっていた。

なごみの家の左側だけが、小さな畑になっていて、あとは、道路をへだてた家の前も、横も、たくさんの木々《きぎ》がおおい茂《しげ》っている。

遠くに人家が、ぽつぽつ見える。

パパとママを先頭に、さっそく事務室《じむしつ》にむかった。

事務室《じむしつ》のなかには、おばさんや、お姉さんが二、三人いたが、俊介たちを見た太《ふと》った元気そうなおばさんが、椅子《いす》から立ち上がり、笑顔でむかえてくれた。

そのひとは斉藤《さいとう》さんといって、ママのパートの友だちの、山田《やまだ》さんのしんせきのおばさんで、まっていてくれたのだ。

山田《やまだ》さんから、話が通じていたのか、斉藤《さいとう》さんとは、初めて会ったとは思えないほど、パパもママも親しそうに話している。

いすに座ったあきおばあちゃんは、ひとごとみたいに、三人の話にはくわわらないで、木々《きぎ》がいっぱいの、雑木林《ぞうきばやし》のほうばかり見ている。

話があらかたすむと、斉藤《さいとう》さんは事務室《じむしつ》のなかで、たいくつそうにしている、俊介を見て、ドア越《ご》しに指をさした。

「おばあちゃんの部屋は、この事務室《じむしつ》のむかい側なの。いま、案内するわね」

事務室《じむしつ》を出た俊介たちは、初めて見るホームのなかがめずらしく、きょろきょろしながら後につづいた。

事務室《じむしつ》のとなりが、調理室、その横にダイニングルームがあり、両わきから食堂をかこむように、お年寄《としよ》りの部屋がある。

家のなか全体が、だ円形になっている。

どの部屋もおじいさんと、おばあさんとで、ふさがっているそうだ。

でも、どの部屋の前を通っても、みな静かで、ひとがいるのか、いないのか、わからないほどだ。

ちょうど、部屋から出てきたおばあさんが、俊介たちを見て、ひかえめにちょっと頭をさげた程度だった。

斉藤《さいとう》さんは、あきおばあちゃんの部屋の木のドアを、なれたようすで開けた。

「みんな個室で、自由に暮らしてますよ」

「おばあちゃんの部屋は、ここなんだあ！」

俊介は真っ先に部屋にかけこんだ。

六畳《じょう》ほどの広さの部屋のなかには、ベッドと小さなソファー、それに木の四角い机《つくえ》が一つ。

パパは部屋じゅうを見まわし、満足そうだ。

「うん、いいんじゃない。かあさんひとりだったら、これで、じゅうぶんだね」

かんじんの、おばあちゃんは、部屋のなかより、ガラスの窓越《まどご》しに見える、雑木林《ぞうきばやし》のほうが気になるらしい。

窓《まど》をカラカラと開け、目の前の若葉《わかば》の茂《しげ》る雑木林《ぞうきばやし》を見わたすと、宣言《せんげん》するようにいった。

「わたし、ここに住むわ」

斉藤《さいとう》さんは、おばあちゃんが、街より自然のある方が好きだという事を聞いていたのか、

「みどりの風が入ってくるでしょ。この部屋、いい部屋ですよ」

と、にこにこしている。

パパとママは、ホッとしたように、顔を見合わせた。

俊介は、おばあちゃんの決断の早さにおどろいた。

（いくら山とかが好きだって、静かすぎるよ。ひとりでさびしくならないかな。おばあちゃん、決めるの少し早いんじゃないの……）

でも、俊介の考えることなど関係なく、あきおばあちゃんが、なごみの家にはいることは、とんとんびょうしに決まった。

手つづきのための話をしている、パパとママを事務室《じむしつ》において、おばあちゃんは、そそくさとおもてに出た。

俊介も後について行った。

見ているとおばあちゃんは、雑木林《ぞうきばやし》をちょっとはいったところの、一本のくぬぎの木に手をあてた。

「ここは住みよさそうだね。あんたはどのくらい、ここで生きているんだい」

おばあちゃんの、こんな生き生きとした顔を、俊介の家のなかでは見たことがなかった。

(おばあちゃんは、ビルが立ちならぶ場所より、木や草がたくさんあるほうがいいんだ)

俊介は、おばあちゃんがいいのなら、それが一番なんだと、じぶんにいい聞かせた。

でも、これから先、おばあちゃんは、俊介たち家族と離《はな》れて、ちがう場所で暮《く》らすのだと思っただけで、さみしさがツーンとこみあげてきた。

# 3　あきおばあちゃん　なごみの家にはいる

あきおばあちゃんが、なごみの家に行く日は、それから、五日後のことだった。

パパの休みがとれたのだ。

おばあちゃんは、その朝、学校へ行く俊介と琴美《ことみ》お姉ちゃんを、玄関で見送ってくれた。

俊介と目を合わせると、静かにほほえんだ。

「たまには遊びにおいで。まってるよ」

俊介は、コクンと頭をふった。涙《なみだ》が出そうになった。

バッタさえもつかめないお姉ちゃんは、真剣《しんけん》な顔つきだ。

「おばあちゃん、林のなかは、いろんな虫やへびもいるかもしれないから、はいらないほうがいいわよ」

おばあちゃんは、ニッとわらった。

「いたほうが、いいんだけどね」

「おばあちゃんたら……」

お姉ちゃんは、プイッとした。

おばあちゃんは、ふたりを押し出すようにいった。

「いっといで。勉強がんばるんだよ」

「きっと、遊びにいくからね」

俊介は、口をきゅっとむすんで、マンションの階段をかけ降《お》りた。

あきおばあちゃんが、いなくなってからの俊介は、毎日がなんとなくさみしかった。

よその家のおばあちゃんを見ると、

（おばあちゃん、どうしてるんだろう……）と、胸を痛《いた》めた。

琴美《ことみ》お姉ちゃんは、またひとりの部屋になったので、ごきげんだ。

五月の連休が明日からというとき、あきおばあちゃんから電話があった。

受話器《じゅわき》をとったママの話しかたからして、おばあちゃんだと、すぐわかった。

俊介は走って行くと、ママの横で早く代《か》わってと、足ぶみした。

話の途中《とちゅう》のママは、めっと、にらんだ。

「もうー　俊介ったら」

俊介は受話器を、ひったくるようにとった。

「おばあちゃん！」

おばあちゃんの、おだやかな声がした。

「ああ、しゅんくんかい。なにね、特別なことはないんだけど、しゅんくんと琴美《ことみ》ちゃんは、どうしているかと思ってね」

俊介は、おばあちゃんの声を聞いただけで、なつかしさで胸がツーンとなった。

俊介とおばあちゃんの電話を、耳をすまして聞いていたママは、俊介の肩《かた》をとんとんとたたくと、ささやいた。

「ねえ、三日におばあちゃんのところへ行かない？　ママはその日、休みなの。パパはいそがしいらしいから、電車で行こう」

すると、おばあちゃんからかかってきた、電話のことなど、関心《かんしん》ないかと思っていた琴《こと》美《み》お姉ちゃんが、見ていたテレビの画面から、目を離《はな》してふり返った。

「いいじゃない。わたしも行く」

おばあちゃんのいる、なごみの家に行くことが、たちまち決《き》まった。

電話口のおばあちゃんに伝えると、俊介たちの話が聞こえていたのか、うれしそうな声だ。

「そうかい、じゃあ、まっているよ！」

五月三日。おばあちゃんと約束《やくそく》したとおり、ママと俊介と琴美《ことみ》お姉ちゃんの三人は、電車でなごみの家にむかった。

電車に乗って、外を見ていると、さいしょは家やビルが建《た》ちならび、電車が停《と》まる駅周辺《しゅうへん》は、にぎやかだった。

でも、電車が進むごとに、あたりの景色はしだいに緑の田畑に変わっていき、目的の光風台《こうふうだい》駅についたときには、まったくのんびりとした、いなかの風景になっていた。

光風台駅は、この前パパの車のなかで見たときと変わらず、ひっそりとしている。

駅前の道の左右には、小さなスーパーと、雑貨屋《ざっかや》さん。雑貨屋さんの店の前には、竹のほうきなどが、少しならんでいる。

改札《かいさつ》を出たひとたちも少なく、俊介たちのほかに十人もいなかった。

お姉ちゃんは立ち止まり、顔をしかめた。

「ふーん。ほーんとに、いなかの駅ねえ」

「でも、こういうところが、おばあちゃんは、好きなのよ」

ママはお姉ちゃんにこたえながら、パパがパソコンからぬき出して、印刷《いんさつ》してくれた地図のなごみの家を確認《かくにん》している。

それを見たお姉ちゃんは、

「ママ、ほら、あそこにタクシーがいるわ。乗ろう、乗ろう」

ママの手をがっちりつかみ、タクシー乗り場へ引っぱって行った。

行き先をつげられたタクシーは、なれたようすで駅前をはなれ、わずかばかり建っている家々と、商店街を後にすると、たちまち雑木林《ぞうきばやし》にはいった。

初老《しょろう》のタクシーの運転手さんが、バックミラー越《ご》しに、俊介とお姉ちゃんに聞いた。

「なごみの家には、おじいちゃん、それともおばあちゃん？」

すぐに、お姉ちゃんがこたえた。

「おばあちゃんがいるの」

「そう、ここは空気もいいし、緑もいっぱいある。いいとこだよ」

「わたしは、こんないなか、いやだな」

「はっはっはっは。そうかい、そうかい。ああ、ほら、あそこがなごみの家だよ」

運転手さんは、お姉ちゃんの、ずけずけとしたいいかたを、おかしそうにわらいとばして、前方に見えるクリーム色の建物を指さした。

俊介は腰《こし》を浮《う》かせた。

「うん、まえに一度来ているから知っている」

タクシーを一番に降《お》りた俊介は、玄関へむかって走った。

ママと琴美《ことみ》お姉ちゃんは、いっしょに事務《じむ》室《しつ》にはいって行った。

俊介は玄関で、スニーカーを履《は》いた足をこすり合わせて、すばやく脱《ぬ》いだ。

あきおばあちゃんの部屋は、わかっている。

ドアをとんとんと軽くノックすると、迷《まよ》わず部屋にとびこんだ。

「おばあちゃん、来たよ！」

開けたドアの先に、ソファーに腰《こし》をかけたあきおばあちゃんがいた。

「ああ、しゅんくん、よく来たね」

「ねえ、おばあちゃん、ひとりでさびしくなかった？」

するとおばあちゃんは、

「まあ、そりゃねえ……。いいとこ、なんだよ、ここは」

と、ちょっと間をおいた。

「でもね」

「うん？」

「ここのひとたちは、なんだか、みんなおとなしくてね。こういうところに入ると、どうでもよくなっちゃうのかねえ。つまらないね」

「そうなんだ……」

俊介は、おばあちゃんはまだ、ここの暮《く》らしに、なれていないんだと気になった。

「それにね、ばあちゃんが、楽しみにしていた雑木林《ぞうきばやし》にはいろうとしてもね、足がまだ完全に治《なお》ってないみたいで、さっさと歩けないし、それにやっとはいっても、つかまっちゃうの」

「斉藤《さいとう》さんとかに？」

あきおばあちゃんは、ため息をついた。

「そうなんだよ。ばあちゃんは、林のなかにはいりたいんだよ」

木々《きぎ》を見ているだけじゃ、だめなんだ。なんで、そんなに、なかに行きたいのかなあ？

ただ、木がいっぱい生《は》えているだけだと思うんだけど。

俊介は、窓越《まどご》しに見える雑木林を、ちらちらながめた。

そこへ、部屋へはいってきたママが、ひかえめだが、はっきりといった。

「おかあさん、ひとりで雑木林へ行くのは危《あぶ》ないですよ。ここのひとたち、すごく心配してますよ」

琴美《ことみ》お姉ちゃんもママのまねをした。

「おばあちゃんて、ほんとにひとりでどこへでもいっちゃうのね。まいごになったらどうするの」

すると、あきおばあちゃんは言葉《ことば》を荒《あら》げた。

「そんなことないよ」

俊介は、おばあちゃんの剣幕《けんまく》におどろいた。

「じゃあさ、ここのひとに、ついていってもらえばいいんじゃないの？」

おばあちゃんは、はさみで、プツンと糸を切るようにいった。

「いそがしそうだからねえ、みんな。それに、わたしが林のなかに、はいりたい気持なんて、だれにもわからない」

小さくため息をついたママは、手さげ袋《ぶくろ》から山菜《さんさい》の漬物《つけもの》や、煮物《にもの》を出して、テーブルの上にならべた。

「口に合うかどうか、わからないんですけど」

おばあちゃんは、それを見て、気分をかえたようだ。

「英子《えいこ》さんありがとう。わたしの好物《こうぶつ》ばかりだよ」

おばあちゃんは、お茶を飲みながら、なごみの家での暮《く》らしぶりを話しだした。

なごみの家で暮《く》らすひとびとは、おじいさんが四人、おばあさんが六人で、ほとんどのひとは、あまり外に出たがらないそうだ。

「おとなしいひとが多くてね。でもわたしは老人《ろうじん》ホームだからって、じっとしていなければいけない、なんてことないと思うんだよ」

いらだっているあきおばあちゃんに、ママは、話を合わせながら、なだめた。

「そうですね。でも、みなさん、体のつごうもあるでしょうから」

数時間が過ぎ、俊介たちが帰る時間がきた。琴美《ことみ》お姉ちゃんは、ソファーから立ちながら念《ねん》をおした。

「おばあちゃん、ここのひとたちをこまらせちゃだめよ」

あきおばあちゃんは、軽く聞き流した。

「はい、はい」

玄関まで送ってくれたおばあちゃんは、俊介の横にくると、ヒソヒソとささやいた。

「なにね、そのうち、林の奥《おく》まで行ってみせるからね。この林は、ばあちゃんにとって特別なんだよ」

俊介は、ハッとしておばあちゃんを見た。

そのとき、もう歩きだしていたお姉ちゃんが、俊介をせかした。

「しゅん、おいていっちゃうわよー」

あきおばあちゃんのところへは、五月にママたちと行ったきりで、ときどきパパやママが、おばあちゃんに電話で話をするくらいだ。

そういうとき、俊介も電話を代《か》わってもらって話すが、おばあちゃんは、しょんぼりしている。

「梅雨《つゆ》もあったしね。それにせっかく林にはいっても、すぐに見つかってしまうし」

（ああ、まだ、雑木林《ぞうきばやし》のなかに、はいっていけないんだ……）

俊介は、頭のなかに、いつもひっかかっている、おばあちゃんの特別な林とは、いったい、なんなんだろうと思いをめぐらせた。

# 4　俊介ひとりで　なごみの家に行く

やがて、夏休みになったが、パパは仕事だし、ママもパートに出ているから、昼間は俊介と琴美《ことみ》お姉ちゃんだけだ。

お姉ちゃんだって、塾《じゅく》に部活にいそがしい。

その上、友だちの大輝《だいき》くんと、終業式の日に、小さなけんかをして、仲直りしないまま、夏休みになってしまった。

お姉ちゃんも、いつも、いつも、ママのかわりみたいに口うるさい。

「しゅん、ちゃんと、顔あらったの？」

今朝《けさ》も、うるさくいわれたばかりだ。

（こんな夏休みはいやだ）

俊介は、きのうから考えていた、―おばあちゃんのところへ行く―ということを、実行しようと決心した。

それは、俊介にとって一大決心だった。

琴美《ことみ》お姉ちゃんは、友だちのところへ遊びに行っているし、グッドタイミングだ。

俊介は机《つくえ》の引き出しの奥《おく》から、さいふを引っぱりだし、いくらはいっているか確認《かくにん》した。

お年玉の残《のこ》りが二千円と、ちょっとあった。

(これだけあれば、だいじょうぶだ)

俊介は、少しばかりのお菓子と、お気に入りの地図いりのぼうけん本を、リュックに入れ家を出た。

ママが心配するかもと、─おばあちゃんのところへ行って来ます─　と、電話の横にメモを置《お》いた。

駅まで十分ほどの道をとっとと歩いた。

駅につき、俊介はいそぐ気持ちをおさえながら切符《きっぷ》を買う。

構内《こうない》の階段を、はずみをつけて、とんとんとかけあがる。

この前、ママや琴美《ことみ》お姉ちゃんと乗った、四番線のホームで、光風台《こうふうだい》駅に停《と》まる電車をまった。

七、八分もすると、銀色の車体にブルーの線が入った電車がホームにすべりこんできた。
ドアが軽やかにスーッと開く。

俊介は、真っ先に電車に乗りこむと、入り口近くの、だれも座っていないシートに腰《こし》かけ、リュックを降《お》ろした。

見わたした車内には、携帯《けいたい》電話を熱心にのぞき込むひと、腕《うで》組みをして目を閉じているひと、それぞれが、じぶんの部屋のなかにいるみたいにすごしている。

ずっと、落ちつかず、停《と》まる駅ごとに、光風台《こうふうだい》、光風台と、じゅもんみたいにつぶやいた。

読もうとリュックから出した、地図いりのぼうけん本も開けずじまいだ。

（あきおばあちゃん、ぼくがとつぜん行ったら、よろこぶかなあ）

ドキドキと、ワクワクが入りまじる。

やがて、光風台駅をつげる、車掌《しゃしょう》さんのアナウンスが車内に流れた。

「つぎは、光風台、光風台です」

（おお、ついたか！）

俊介は、すっくと立つと、リュックをしょった。

電車は軽い停車音《ていしゃおん》をたて止まった。

冷房《れいぼう》のきいた電車から、一歩ホームへふみ出すと、ムッとした熱い空気が、俊介の体をつつみこんだ。

「あっつ……」

思わず声が出た。

駅で降《お》りた数人のひとたちにまじり、緊張《きんちょう》しながら、改札口《かいさつぐち》をぬける。

（ついたぞ、ついたぞ。おばあちゃんの住んでいる町の駅だ！）

目の前に、太陽がむわむわと照りつける道路があった。

電車に一時間ちょっと乗っただけで、俊介の住む街とは、まったくちがった、まったりとした空気が流れている。

駅の片すみに、この前ママやお姉ちゃんと来たとき乗った、赤い色のタクシーが、ゆであがった大きな蟹《かに》のこうらみたいに、太陽に照りつけられている。

俊介は、駅前にある雑貨屋《ざっかや》さんの横の自動販売機で、ジュースの缶《かん》を買った。

販売機からころがりでた、冷たいジュースの缶《かん》は、持った手だけでなく、俊介の気持ちもキーンとひきしめる。

俊介は、ジュースの缶をズボンのポケットにねじりこむと、野球帽《やきゅうぼう》をかぶりなおした。

道のりょうはしに咲《さ》く、赤いカンナの花が、暑《あつ》さを楽しんでいるように元気だ。

俊介は、この前、来たときの記憶《きおく》をたよりに、歩きだした。

少し歩いたところで、後ろからお客の乗ったタクシーが、俊介を追いこして行った。

（おっ、タクシーだ。乗るひとがいたんだ）

俊介は、駅前に停まっていたあの赤いタクシーが、ゆっくりと走り去るのを見送った。

やがて、道に沿《そ》うように建っていた住宅は、だんだん減《へ》って、かわりに畑や空き地が多くなってきた。

三つにわかれる交差点のまっすぐ先に、雑木林《ぞうきばやし》が、うっそうと広がっている。なごみの家は、雑木林のまんなかへんだ。

信号がちょうど、青の交差点を急いでわたり、そのまま、まっすぐ進んだ。

ママたちと来たとき、タクシーはこのまま雑木林のなかの道をはいった。この道にまちがいないと、確信した。

ひと安心だった。ジュースの缶《かん》を、ポケットからひっぱり出すと、タブを力いっぱいプシュと開けた。

ジュースが、ごくりごくりと音をたてのどをすべり落ちていく。

あきおばあちゃんが、もう手の届《とど》くところにいると思うと、うれしくて、だれも通らない道を歩くのもこわくなかった。

あちこちの木から、あぶらぜみが、ジイジイと、やかましいほど鳴いているなかを、どんどん進んだ。

もしかしたら、ほんとうに、きつねや、たぬきが住んでいるかも。

進むごとに、道のはしに生《は》えている笹《ささ》や、雑草《ざっそう》は深くなり、その奥《おく》の林には、つたをびっしりとからませた、大きな木からたれさがった、太いつるが、地面まで伸《の》びているのが見えた。

よく見ると、そのつるが、くさってスカスカになって倒《たお》れている木に、からみついている。

（すげー　大蛇《だいじゃ》がからみついてるみたいだ）

こもれびが木々《きぎ》の枝《えだ》や葉を照らし、林のなかがキラキラと輝《かがや》いている。

Shinobu

ひんやりとした空気が心地《ここち》いい。

ジュースは、たちまち飲み終わった。

林のなかから、うさぎでもとび出してこないかと、腰《こし》をかがめて目をこらした。

とつぜん、俊介の頭の上で、チッチという鳴き声がして小鳥がとび立った。

（あっ、びっくり！　今のなんの鳥かな？）

木から木へうつる小鳥を見あげ、俊介は思い切り両手を広げ、深呼吸をした。

なんともいえないそう快感《かいかん》だ。

体じゅうに、元気がみなぎってくる。

（木のにおいって、こういうんだ。みんな、みんな、呼吸しているんだ。すごいなあ。木がある場所が好きだという、おばあちゃんの気持ちが、わかる気がする）

やがて、俊介は木々《きぎ》のすき間からクリーム色の建物を見つけた。

（あれだ。あの家が、あきおばあちゃんがいるなごみの家だ！）

早足になごみの家にむかった俊介は、事務室《じむしつ》のなかから、外を見ている斉藤《さいとう》さんに気がついた。

斉藤《さいとう》さんは、にこにこと、俊介に手をふった。俊介は、（まるで、ぼくのことをまっていたみたい）と感じて、少しためらいながら、ぺこりと頭をさげた。

事務室《じむしつ》から出てきた斉藤《さいとう》さんは、じょうだんぽくいった。

「ひとりで来たの？　まいごにならなかったあ？」

俊介は、（もちろん）と、胸《むね》をはった。

「ぜんぜん平気でした。あのう、おばあちゃんの部屋に行ってもいいですか」

斉藤さんは、頭をなんどもふった。

「いいわよ。おばあちゃん、喜ぶわよう」

「おじゃましまーす」

俊介は勇《いさ》んで、おばあちゃんの部屋をめざした。

# 5　ガキ大将《だいしょう》だった　あきおばあちゃん

俊介が、あきおばあちゃんの部屋のドアを、とんとんとノックすると、なんだか、ハモったような声がなかからした。

「はーい、どうぞー」「はーい、どうぞー」

俊介は、首をかしげてドアを開けた。

「しゅんくん、いらっしゃい」

「しゅんくん、いらっしゃい」

どうじに、同じことをいわれた。

俊介は、ぱちぱちと、まばたきをして部屋のなかを見まわした。

すると、ベッドに腰《こし》をかけ、足をぶらぶらさせているあきおばあちゃんのほかに、ソファーにちょこんと座った、灰色のワンピースを着た、丸顔のかわいらしい、おばあさんがいた。

（おばあちゃん、なごみの家で友だちができたんだ！）

たたずむ俊介に、丸顔のおばあさんは、したしそうに話しかけた。

「しゅんくん、さっきタクシーのなかから、しゅんくんを見たわよ。ここへくるとわかっていたら、いっしょに乗ってこられたのにね」

俊介は、アッと思った。

（そうか、そういえば、ぼくを追い越していった、タクシーがあったな。このおばあさんが乗っていたのか）

あきおばあちゃんは、ほくほくと笑みを浮かべて、俊介を手まねきした。

「しゅんくん、よく来たね。まっていたよ。さっき、ママから電話があってね」

俊介は、琴美《ことみ》お姉ちゃんが帰って来て、ママに電話しているようすが目に浮かんだ。

（だから、ホームの斉藤《さいとう》さんも、ぼくが来るのがわかっていたんだ）

ママに、ちゃんといって来なかったことが、胸のすみっこにひっかかっていたので、ちょっと、ホッとした。

あきおばあちゃんは、にこにこしっぱなしで、丸顔のおばあさんを紹介《しょうかい》した。

「しゅんくん、ここにいるおばあちゃんはね、わたしの幼なじみのとみちゃんだよ。こっちにむかっている男の子がいるって聞いてね」

（そういうことか。ホームのひとじゃないんだ）

とみちゃんと呼ばれたおばあさんは、座っていたソファーから体をずらして、右手でおいでおいでと、俊介をさそった。

とみおばあさんは、俊介が横に座るのをまっていった。

「だからね、もう来るころだよって、話をしていたの」

あきおばあちゃんをまんなかにして、自然と輪ができた。

とみおばあさんは、丸い顔をもっと丸くして、片手をのばすと、おおげさにあきおばあちゃんをぶつまねをした。

「だけどあきちゃん、わたしのこと、おばあちゃんはないでしょう。わたしは、あきちゃんより、二つ若《わか》いんですからねえ」

あきおばあちゃんは、肩《かた》をあげて、くっくっくっと、わらいたいのをこらえた。

そして、おばあちゃんどうしで顔を見合わせると、声を出して、わっはっはとわらった。

なんだか、すごく楽しそうだ。

あきおばあちゃんは、両手でひざをたたいて、ひとしきりわらった。

「それでね、とみちゃんはね、いま住んでいる埼玉《さいたま》から、会いにきてくれたんだよ」

とみおばあさんは、うんうんと首をふる。

「あきちゃんがね、ここの雑木林《ぞうきばやし》のたくさんの木を見ているとね、なんだか、子どものころに帰れる気がするって。電話をくれてね」

あきおばあちゃんは、大きくうなずいた。

「さいしょはね、木を見ているだけでもよかったんだよ。でもね、そのうち、だんだん、ふるさとの竜天山《りゅうてんやま》を思い出しちゃってね」

「竜天山は、村の子の最高の遊び場だったからね」

とみおばあさんは、いいこと教えてあげるとばかりに、俊介に

いった。

「あのね、しゅんくん。竜天山のてっぺんに行くのにはね、竜の六曲《ま》がりといってね、竜が体をくねらせたような、曲《ま》がった道を、六回通らなければならないのよ」

（へー、竜《りゅう》かあー）

俊介は、竜《りゅう》がくねくねと大きくとぐろを巻《ま》いたようすを想像した。

あきおばあちゃんが後をひきついだ。

「てっぺんには、竜《りゅう》の頭の形をした岩があってね。すぐそばに、竜のひげみたいな枝《えだ》が生《は》えている木まであるのさ。遠くから見ると、まるで竜の頭が、木の陰《かげ》から見える感じなんだよ」

「竜天山《りゅうてんやま》のなかには、川も流れていてね。そこで遊ぶのも、また、すごーく楽しくてね」

あきおばあちゃんと、とみおばあさんは、俊介に話して聞かせながら、じぶんたちもとっぷりと、思いをめぐらしている。

「竜天山《りゅうてんやま》の六曲がりかあ。なつかしいわねえ」

「この部屋から、雑木林《ぞうきばやし》のなかを、ずんずん歩いて行ったら、森になって、山になって、さいごは、竜天山にたどりつくんじゃないかと思ったりしてね」

「つづいているのよ。だって、地球はまるいんだもの」

「そうだよね。川があっても、海があっても、そのつづきは土よねえ」

あきおばあちゃんの、元気な話しっぷりに、俊介はあっとうされた。

それにしても、竜《りゅう》の六曲がりって、いったい、どんなところなんだろう。

俊介はあれこれと、竜天山《りゅうてんやま》を想像した。

とみおばあさんは、お気にいりのスポーツ選手の、かつやくぶりを、実況《じっきょう》しているみたいに、目を輝《かがや》かせてすらすら話す。

「そりゃあ、もう、あきちゃんは、宮守村《みやもりむら》一番のおてんば娘《むすめ》。こわいものなんか、なーんにもないの」

俊介は、びっくりだ。

（そうなんだ。へー　あきおばあちゃんが…）

あきおばあちゃんは、目をつぶって、遠くをながめるしぐさをした。

「あのころは、楽しかったねえ。もどれるものなら、もどりたいねえ」

とみおばあさんも、まじめな顔だ。

「ほんと、ほんと」

そんなに楽しかったんだ。

だから、あきおばあちゃんは、竜天山を思いださせる、この雑木林《ぞうきばやし》のなかにはいりたがったのか。

俊介は、ふたりのおばあさんの、話にどんどん、引きこまれていった。

「あのころって、おばあちゃんたちが、子どもだったころっていうことでしょ？」

ベッドに、腰《こし》をかけているあきおばあちゃんは、足をぶらんぶらんさせた。

「そうともさ。山のみんなが友だちさ」

俊介は、おばあちゃんたちがうらやましくなった。

「じゃあ、もし今、子どもにもどれたら、また竜天山で遊びたい？」

「もちろん、遊ぶさ。はいったら出てこないでずっと、遊んでいるよ」

あきおばあちゃんは、あたりまえだというようにこたえたあと、ふいっと、体を前かがみにして、俊介の顔をのぞきこんだ。

「ところで、きょうは、どうしたんだい。ひとりでここへ来るなんて」

とつぜん、話を変えられたので、俊介はドキッとした。

とみおばあさんは、ふざけた。

「パパやママに、宿題やってないって、怒《おこ》られて、家出してきたのかな」

(そんなことないよ)

顔をあげると、あきおばあちゃんが俊介を見つめている。

「しゅんくんが来てくれたのは、すごくうれしいんだよ。でも、なにかあったのかって、ばあちゃんは、心配でね」

俊介は小さな声でうつむいた。

「ぼく、おばあちゃんに会いたかったんだ」

そういってから、俊介は、はずかしかった。こんなことというの、はじめてだ。

おばあちゃんは、たちまち、目を細めた。

「そうかい、そうかい。うれしいねえ。ばあちゃんも、しゅんくんに会いたかったんだよ」

ズーンと、うれしさがこみあげてきた俊介は、声をはずませた。

「おばあちゃんも、ぼくに会いたかったの！」

おばあちゃんは、何度もうなずく。

「ああ、会いたかったとも」

来てよかったー。

もう一つ胸に引っかかっていたことが、言葉《ことば》になってすらすらと出た。

「それとね、友だちの大輝《だいき》くんとけんかして、夏休みなのに、いっしょに遊んでないの」

俊介の心のなかが、全部見えたみたいに、おばあちゃんは、あいづちをうった。

「おや、まあ。そりゃあ、つまらない夏休みだねえ」

「それで、大輝《だいき》くんとは、なんでけんかなんかしたんだい」

俊介は言葉につまった。

今、思えば、けんかのことなんか、おばあちゃんに、話すほどの内容ではない。

それまで、ふたりの話を、だまって聞いていた、とみおばあさんが、あきおばあちゃんにいった。

「仲《なか》がいいほどけんかする、って、いうじゃない。口をきかなきゃ、けんかにもならないわけだし。ねえ、あきちゃん」

あきおばあちゃんは、にっこりした。

「そうだねえ。わたしたち、よくけんかしたしたけど、仲直《なかなお》りは、早かったよね。だってまた遊びたいものね」

とみおばあさんは、にこにこうなずいた。

「そう、そう」

たちまち、俊介と大輝《だいき》くんのけんかのことより、あきおばあちゃんと、とみおばあさんの昔話《むかし》にもどった。

俊介はふたりのやりとりを聞いていて、

（大輝《だいき》くんと、早く仲直《なかなお》りして、またいっしょに遊ぶんだ）と、強く思った。

とみおばあさんが、体をゆっくりと横にむけると、座っているソファーに置いてある、あずき色の布のバッグを手にした。

「そうそう、しゅんくんに、いいもの見せてあげるね」

ひざの上に置いたバッグのなかから、使いこんでしわしわになった、四角い茶色の革《かわ》のさいふを取り出した。

俊介は、なんだろうと、とみおばあさんの手元を見つめた。

とみおばあさんは、さいふのカード入れのなかから、茶色がかった古い一枚の写真を、大事そうにそっと出すと、俊介に手渡《てわた》した。

「しゅんくん、だれと、だれだあ」

古ぼけて茶色に変色した写真には、つらなる山を背《せ》に、俊介くらいの歳《とし》の、ふたりの女の子が、まっすぐに立って写《うつ》っている。

俊介は、とっさに写真とふたりのおばあちゃんを見くらべた。

(ひゃあ、おばあちゃんたちの、子どものときの写真だ！)

すそをしぼったズボンに、長袖《ながそで》のブラウスを着た、おさげ髪《がみ》の、背《せい》の高い女の子。

こっちん、こっちんに、かたまって写っているこの子が、あきおばあちゃん。

となりに立っているぽっちゃりとした、おかっぱ頭の子が、とみおばあさん。

俊介は、声をはずませ、写真のなかのあきおばあちゃんを、指さした。

「こっちが、あきおばあちゃんで、横にいるのが、とみおばあさん。ねっ、そうでしょう」

ふたりとも、顔のりんかく、目や鼻や口、すべてが今の顔に通じる。

(そういうことだよね。歳《とし》をとって、白髪《しらが》になって、しわとかできても、体が小さくなっても、同じひとなんだものね)

あきおばあちゃんは、座ったベッドに手をつき、俊介の持つ写真をのぞきこむように体を浮かせた。

「どうだい、しゅんくん。ばあちゃん、かわいかったろう」

するると、とみおばあさんが、俊介より先にこたえた。

「ああ、かわいかった、かわいかった。ふたりともね」

俊介は、肩《かた》をすくめた。

「でも、ほんと、ふたりとも、かわいいよ」

「そうだろう、そうだろう」

あきおばあちゃんは、わらいながら肩を左右にゆらして、踊《おど》るようにベッドから降り、スリッパをはいた。

そして机《つくえ》の上に置《お》かれた紙袋《かみぶくろ》から、見るからにわかる、和菓子《わがし》のはいったつつみや、おせんべいの袋《ふくろ》をがさごそと出した。

「しゅんくんも、いっしょにいただこう。とみちゃんが持ってきてくれたんだよ」

とみおばあさんも、あきおばあちゃんを手伝って、袋《ふくろ》を開けはじめた。

あきおばあちゃんは、ベッドのまくらもとにある机《つくえ》のひきだしから、おさいふを出すと俊介に手渡《てわた》した。

「しゅんくん、玄関横の、自動販売機から、お茶を二本買ってきてくれるかい。しゅんくんは、じぶんの好きなものをね」

「うん、わかった！」

俊介は、すごく楽しくて、いきおいよく部屋をとび出した。

お菓子を食べ、ジュースを飲みながら、俊介は、あきおばあちゃんと、とみおばあさんから、竜天山《りゅうてんやま》のなかでの、村の子たちの遊びをたっぷりと聞いた。

あきおばあちゃんより年上の、トオルという男の子も、おばあちゃんの子分だったとか。

「あきちゃんは、ただ、強いだけじゃないの。トオルが道から足をふみはずして、沢《さわ》まですべり落ちたときなんか、じぶんもずるずるすべり落ちていって、トオルを助けだしてきたのよ。おとなもびっくりしてたわ」

とみおばあさんは、思いだしたのか、目をしばたいた。

あきおばあちゃんは、おおげさにふんぞりかえって、小さな肩《かた》を持ちあげた。

「わたしゃ、力持ちだったからねえ。トオルを背《せ》おうくらいなんてことないさ」

みんなはじめて聞く話しで、俊介の家にいたときのおばあちゃんからは、想像もできない内容ばかりだった。

三時を過ぎたころ。とみおばあさんは、

「帰りたくないけど、帰らないと。電車が混《こ》まないうちに帰るって、家のものに約束をしちゃってね」

なごみの家の職員《しょくいん》さんに、タクシーを呼《よ》んでもらった。

俊介も、駅までいっしょに行かないかと、さそわれたが、ふたりいっぺんにいなくなっては、あきおばあちゃんが、さびしくなると、きっぱり断《こと》わった。

あきおばあちゃんは、

「いいのかい。タクシーのほうが楽だよ」

そういいながらも、うれしそうだ。

やがて、タクシーがきたと、職員《しょくいん》のおばさんが、とみおばあさんを呼《よ》びに来た。

とみおばあさんと、手をにぎりあっていた、あきおばあちゃんは、手を離すと、俊介にそっといった。

「しゅんくん、わたしのかわりに、とみちゃんを送ってくれるかい。わたしゃ、別れは、にがてでね」

とみおばあさんも、なごりおしそうだ。

「場所もわかったし。またきっと、来るからね」

やがて、俊介と職員《しょくいん》のおばさんに見送られたとみおばあさんは、タクシーに乗りながら、俊介にほほえんだ。

「しゅんくん、また会おうね」

「はい」

俊介も、とみおばあさんと、あきおばあちゃんの楽しい話を、もっと聞きたいと思った。

とみおばあさんを乗せたタクシーは、雑木林《ぞうきばやし》のなかの細い道を、ゆっくりと走り去った。

ずっと、楽しそうにわらっている、あきおばあちゃんの顔が、俊介の目の先から消えない。

とみおばあさんと、竜天山《りゅうてんやま》の話をしているときの、あきおばあちゃんが、本当のおばあちゃんなんだ。

怒《おこ》っていたり、元気がなくて、さびしそうなおばあちゃんは、本物のあきおばあちゃんじゃない！

## 6　俊介　あきちゃんと竜天山《りゅうてんやま》で遊ぶ

俊介は、あきおばあちゃんの部屋にもどろうと、くるりときびすを返した。

その目の前に、おばあちゃんが、なかなかはいって行けない、雑木林《ぞうきばやし》があった。

俊介の足がゆっくりと止まった。

職員《しょくいん》のおばさんは家にはいりながら、雑木林をながめる俊介にいった。

「ぼうやのおばあちゃん、その雑木林すごく気にいってるみたいよ」

「おばあちゃん、木がいっぱいの、いなかにいたから」

俊介は、雑木林をながめたままこたえた。

そのとき、雑木林のなかを、何かがスイッと横切った。

俊介は、ハッとした。

（なんだ？　けっこう、大きかったぞ）

目をこらす俊介を、さそうように、何かがすばやい動作《どうさ》で木々《きぎ》の間を走った。

（人間だよね……）

俊介は、あたりを見まわすと、思い切って雑木林《ぞうきばやし》のなかに足をふみいれた。

俊介より、少し大きな人影《ひとかげ》が、三十メートルくらい先の二本ならんだ、カエデの木の下で、こっち、こっち！と、いっているように、俊介を手まねきする。

（子どもみたい。雑木林でなにしてるんだ）

俊介は引きよせられるように、ずんずん進んだ。

近づくと、俊介より少し背の高い女

の子が、立ち止まっている。

ためらわず、俊介から声をかけた。

「なにしているの。こんなところで！」

おさげ髪《がみ》のその子は、俊介の問いにこたえず、歌うようにいった。

「しゅんちゃん」

「はっ？」

俊介は、何がなんだかわからない。

女の子が、こんなところに、ひとりでいるだけだって考えられないのに。ぼくの名前を知っている。

目を見張る俊介に、日焼けした、ほっぺの赤い、元気の良さそうな女の子は、はきはきいった。

「おれ、あんたのおばあちゃんの、あき」

よく見ると、それはたしかに、さっき、とみおばあさんに見せてもらった、写真のなかの子どものときのあきおばあちゃん、そのものだった。

すそをしぼった、縦縞《たてじま》の青色のズボンに、白の長袖《ながそで》のブラウスを着ている。

「ええっ、ほんと！　でも、おばあちゃんじゃないじゃない。どういうこと？」

もう一回、女の子は、はずんだ声でいった。

「あそぶべ、あそぶべ」

俊介は、その声につられた。

「うん、わかったよ、あきちゃん……」

こたえてから、俊介の胸がドキンと鳴った。

「もしかして、ここ竜天山《りゅうてんやま》？」

すると、あきちゃんは、にかっと大きくわらった。

「ああ、そうだ。竜天山だ！」

あきちゃんは、山のなかをひとさし指でさし、指さきを大きく、くるっと、まわした。

「しゅんちゃんに、竜天山のなかを見てもらうべえと思ってな」

「ほんと。うん、見たい！」

俊介は、ドキドキしながら、あきちゃんにならんだ。

見れば、俊介の知っている、ドングリの実がつく、くぬぎの木や、栗《くり》の木、杉《すぎ》の木のほかに、名前の知らない、たくさんの木々《きぎ》が、気持ちよさそうに、天にむかって生《は》えている。

（ここが、あきおばあちゃんや、とみおばあさんの話す竜天山《りゅうてんやま》なんだ！）

俊介は、山のあちこちを見まわした。

そのとき、とつぜん、あきちゃんはヒョウのような身軽さで、ピュッと、五，六歩とび出すと、俊介をふり返った。

「いくよ！　ほらっ、あの山のてっぺんの杉の木。あの木の上のほうの枝《えだ》が、竜《りゅう》のひげに見えるんだ」

あきちゃんは、背高《せいたか》のっぽの杉の木を、あごをつき出してしめした。

ゆうゆうとそびえる大木が、おいで、おいでと、俊介をまねいている。

（おお、あれか！）

「あの杉の木に登るぞ。てっぺんにいくと、この山んなかが全部見えるんだ」

（ええー、あの高い木に登る？　うそー、ぼく木登りなんて、やったことないし）

あきちゃんは、俊介の返事をまたずに、そびえ立つ、杉の木をめざして走り出した。

（何がなんだか、よくわからないけど、こうなったら、やってみるか。それになんだか、おもしろそう）

俊介は胸をわくわくさせて、あきちゃんの後を、全速力で追った。

天を突《つ》くようにそびえ立つ、木の前で、あきちゃんは、荒《あら》い息を、はあはあとはきながら、走ってくる俊介を、わらいながらまっている。

やっと追いついた俊介は、のどをぜえぜえさせた。

「あきちゃんは、足が速いねえ」

あきちゃんは、何でもないようにこたえた。

「そっかあ。おら、これでも、ゆっくりと走ってるだど。歩いているのと同じだあ」

すぐにあきちゃんは、ざらついたノッポの杉《すぎ》の木の幹《みき》に手をあてた。

「じゃあ、おらが先に登るから、しゅんちゃんは、あとからついてこいよ」

そういうと、思い切り両手を広げ幹《みき》にだきつき、体をまるめ、足のつま先をけり上げながら、すいすいと登っていく。

まるで猿《さる》のようだ。

あきちゃんは、たちまち木のてっぺんまで登りきり、顔にかかる木の葉を手でどけて、俊介にむかって手まねきした。

「しゅんちゃん、早く登ってこいや。山んなかがよく見えるぞ」

俊介は、杉の木のてっぺんのあきちゃんを見上げて、かくごを決めた。

「わかった。ぼく、やってみる」

俊介は、背伸《せの》びして木の幹《みき》にだきつくと、あきちゃんのやったように、体をまるめ、スニーカーのつま先に力を入れた。

登りだしたら、進むしかない。もし、ここで手を離《はな》したら、まっさかさまに地面に落ちてしまうだけだ。

下を見ないことにして、歯をくいしばって、一歩、一歩登る。

あきちゃんが、木のてっぺんから大きな声で、俊介をはげます。

「もう少しだ。がんばれ！」

ゆっくりだが、俊介は確実にあきちゃんとの距離《きょり》をちぢめていく。

登っていると、杉《すぎ》の木を横切るように、長細い大きな岩が空に向かっている。

(これが、竜の頭か。そうすると、すぐそばに、竜のひげに見える木の枝《えだ》があるはず)

足を止め、登っている木の枝《えだ》を見上げた。

すると、まちきれないのか、あきちゃんは、右手で木のてっぺんをつかむと、体をななめにして下をむき、片手を俊介にさし出した。

「ほら、この手につかまれや」

俊介は気合いを入れ直して、必死であきちゃんの手をつかもうと手をのばした。

あきちゃんが、俊介の指先を二、三本つかんだと思ったら、

「よいしょ」

あきちゃんの、力の入ったかけ声とともに、俊介は引っぱり上げられ、あきちゃんを見

上げる形でセミみたいに幹《みき》にしがみついた。

あきちゃんは、右手で木をだきかかえるようにして、あいた左手でずっと下を指さした。

「いっちばん、下のほうの道が竜のしっぽ。だんだん上《あ》がってきて、一曲《ひとま》がり、二曲《ふたま》がり、三曲《さんま》がりって感じな」

あきちゃんのいうとおり、山の中にある一本道は、くねくねと曲がっているのがよくわかる。

あきちゃんの指が、右にスイッと動いた。

「ほら、見てみろや。あっちの四曲がりめの道にならんで川があるだろ。あそこの沢《さわ》にゃあな、でっけえ、オオサンショウウオがいるんだ」

「ヤッホー　オオサンショウウオだあ！」

「そうだ。おらの友だちだ。おらが川に手をつっこむと、じぶんからおらの手の中にへえってくるんだ」

「すごい、すごい！」

「それに、ほら、もうちょっと、右の方を見てみろ。あっちに、どうどうと音をたてなが

ら落ちてる滝《たき》もあるし、その先にゃ、木のつたで作った、なげえつり橋もある」

俊介はすぐにいった。

「そのつり橋、もしかして、山の動物たちも渡《わた》るんじゃない」

あきちゃんが感心した。

「ああ、そうだ。よくわかったなあ。みんな、ゆらゆら、ひょいひょい渡《わた》ってるぞ」

俊介は得意になって、らんらんと目を光らせ、あたり一面をながめまわした。

すると、木々《きぎ》の間を、のこのこと歩く、五、六頭のいのししの群《む》れが見えたので、あごを突《つ》き出してあきちゃんにおしえた。

「あきちゃん、ほら、あそこ。いのししがまとまって歩いてる！」

あきちゃんは、すましていった
「しゅんちゃん、この山んなかにはな、たいげえの動物はいるぞ。いのししなんて、あったりまえ」

俊介は体じゅうが爆発《ばくはつ》しそうなくらい、わくわくした。

「すげー、そうなんだ。じゃ、熊《くま》とか、カモシカもいる？　それに、きつねや、たぬき。ええっと、それから、つちのこ！」

あきちゃんは、顔を少し動かしてのぞきこむように俊介を見おろした。

「いる、いる。しゅんちゃんの思うものは、なんでもいる。そんで、しゅんちゃん、どこへいってみてえ？」

俊介は、はりきってこたえた。

「どこでも、最高！」

「じゃあ、まずはいのししに乗るべえ。木にしっかりつかまってろよ」

あきちゃんは、木から降《お》りるのかと思ったら、じぶんのまわりの葉っぱを、両手でたぐり寄《よ》せると、幹《みき》といっしょに束《たば》ねて、かかえこんだ。

そして、少しずつ、いのししがいる方向にまとを合わせ、体を思い切り、後ろにのけぞらせた。

「いいか、ほれっ、しゅんちゃんも、おらと同じ方向にのけぞるんだぞ」

（ひえーっ。歩いていくんじゃなくて、とんでいくの？　よーし、こうなったら、ぼくもやるだけだあ）

俊介は腕《うで》に力を入れて杉《すぎ》の木にしがみつくと、口をぎゅっとむすび、後ろにそり返った。

でも、木はたいして曲《ま》がりもせず、ゆらっと、もとにもどった。

その瞬間《しゅんかん》、幹《みき》にまわしていた足がずるずるっとすべり、あわてた俊介は、片手を木から離《はな》してしまった。

（あーあ、危ない。落ちる！）

夢中《むちゅう》で目の前の一本の長い枝《えだ》につかまった。

あきちゃんはそんな俊介を見て、じぶんの横に伸《の》びた、特別に長い一本の枝《えだ》をつかむと、幹《みき》にからめていた足をわざとはずした。

見てる間にあきちゃんは、つかまった枝《えだ》の先っぽまで、するする降《お》りると、俊介の横にならび、体をゆらゆらさせた。

俊介もまねをして、つかまった枝《えだ》をそろりとゆらしてみた。

あきちゃんは時計のふりこのように、枝《えだ》をぶるんぶるん左右にふりだした。

(おもしろそう！)

俊介も負けじと、ゆすった。

杉《すぎ》の木からはみだした、長い枝《えだ》の先っぽで、ふたりの体がぶらん、ぶらんとゆれた。

「あきちゃん、この枝《えだ》、もしかして竜のひげ？」

「ああ、そうだあ。これでいくべえ。この竜のひげを、うーんとゆらして、空にとび出すんだ」

あきちゃんはゆれながら、体の向きをととのえだした。

俊介も枝《えだ》をしっかり握《にぎ》りしめた。

「いいか、こんどは、もっと思いっきりこの枝《えだ》をゆらして、いのししの背中《せなか》まで、とんでくぞ。息を合わせるべえ」

「よーし、竜《りゅう》のひげから、とび出すぞ！」

俊介は急いで、竜《りゅう》のひげをつかみなおした。あきちゃんがかけ声をかけた。

「それ、それ、そーれっ！」

ふたりは、つかまった竜のひげを左右に思い切りこぐ。

竜のひげは、ブランコみたいにグラーン、グラーンと、空に向かって高くゆれる。

体の向きが、いのししの群《む》れに向いたその瞬間《しゅんかん》。あきちゃんはここぞとばかりさけんだ。

「手を、離《はな》せ！」

俊介は、竜のひげから、目をつぶって手をぱっと離《はな》した。

ピューン。ふたりの体はたちまち空にとび出すと、いのししの群《む》れめがけて、てっぽう玉みたいに早くとんだ。

俊介は両手をまっすぐ前にのばし、足もぴんとのばした。

少し先をいく、あきちゃんのおさげ髪《がみ》が、さか立って持ち上がっている。

とつぜん、バサバサと羽音をたて、一羽の大きな鷹《たか》がどこからかとんできて、俊介の横にスイッとならんだ。

うはっと、ちぢこまった俊介に、

「だいじょうぶ、おらの友だちで、鷹《たか》の助《すけ》って、いうんだ」

あきちゃんはよゆうで、前にのばしていた手を横に広げた。

俊介は、鷹《たか》の助《すけ》を横目で見ながら、フーと息をはくと、あきちゃんのまねをして両腕《うで》を横に広げた。

鷹《たか》の助《すけ》は、右に大きく転回すると、たちまち見えなくなった。

腕《うで》を横にすると、スピードが少し落ち、よゆうが出てきた。目をしっかり開けて、体をかわりばんこに、左右にかたむかせながら、山のなか全体をながめまわした。

遠くに咲《さ》いている、赤や白や黄色の花々《はなばな》が、まるでふんわかした、じゅうたんみたいだ。

その先に、泉だろうか、わき出た水がキラキラと光って見える。

まっすぐ下を見れば、生《お》い茂《しげ》る木々《きぎ》の上で、三、四ひきの猿《さる》が何か食べている。

「ヤッホー　ヤッホー！」

俊介は大声でさけぶ。

いのししは、もう目の前にせまっていた。

着地《ちゃくち》の用意だ。あきちゃんは、横にいる俊介に、いのししの背中《せなか》をさかんに指さした。

「おりるぞ！　おらは一番前のいのしし」

「じゃあ、ぼくは二番目」

俊介のとったタイミングと、あきちゃんのタイミングがぴったり合った。

俊介と、あきちゃんは、別々《べつべつ》のいのししの背中《せなか》にみごとにとんと着地した。

おどろいたいのししは、ものすごいスピードで、メチャクチャに走り出した。

俊介は歯をくいしばり、息を止めて、落ちないように体を低くすると、両足をいのししのお腹にからみつけはさんだ。

あきちゃんは、あばれるいのししの背中《せなか》をなだめるように、ぽんぽんたたき、たちまち手なずけると、前かがみになっていた体をおきあがらせながら、俊介の横にならんだ。

「いのししから、落ちるなよ」

俊介の乗ったいのししも、どうにかおとなしくなった。

「うん、だいじょうぶ。楽しいねえ、あきちゃん」

「うん、おもしれえなあ。じゃあ、このまんま、オオサンショウウオのいる、川まで走るべえか」

「うわー、いいね、いいねえ」

あきちゃんは、すぐにいのししのお腹を足でポンとたたいて、いけっ！　の合図《あいず》をした。

「よーし、どっちが先に着くか、競争だあ」

あきちゃんの乗ったいのししが、いきおいよくとび出した。俊介も負けずと、いのししのお腹をけった。

「負けないぞー」

ふたりを乗せた二頭のいのししは、先を争って山の中をグイグイ走る。

俊介は、どんどん近づく、谷川を指さした。

「あきちゃん、あれが四曲《よんま》がりめにある、川でしょ。オオサンショウウオのいる！」

前かがみになって、いのししを走らせているあきちゃんは、おさげ髪《がみ》をゆらしてこたえた。

「ああ、そうだ。こんどはオオサンショウウオと、遊ぶべえ！」

「うん。よーし、もう少しだ。いけっ！」

俊介は、あきちゃんより先につこうと、体を、前方に倒《たお》れるように傾《かたむ》かせ、いのししを走らせた。

俊介の乗ったいのししの方が、ほんの少し早く川べりについた。

俊介は、急いでいのししの背中《せなか》からストンと、とび降《お》りた。

「ぼくの勝ちっ！」

あとになったあきちゃんは、まけっぷりよく、豪快《ごうかい》にわらった。

「おらの負け！　はっはっはっはっ」

それからふたりは、いのししの体を軽くぽんぽんたたいて、ありがとうの合図《あいず》をすると、水辺《みずべ》にむかった。

谷間を流れる澄《す》んだ水のなかに、パシャリと、足を入れたあきちゃんは、声をひそめて、俊介を手まねきした。

「しゅんちゃん、こっち、こっち。おらの友だちの、オオサンショウウオの、さんしょうは、たいげえ、あそこにいるんだ」

あきちゃんは、ぬき足、さし足でゆっくりと、川のなかをいく。俊介もまねをして後につづいた。

少し行くと、あきちゃんは、大きな岩が数個ある場所の前で、そっと、一個の岩を指さした。

「ここにいるはずだ」

俊介は、ごくりとつばを飲み込《こ》んだ。

岩をじっと見つめていたあきちゃんは、すぐに声をあげた。

「あっ、さんしょう！」

すると、目の前の大きな岩が、ごっとんと動いた。

にこっとしたあきちゃんは、ちゅう腰《ごし》になってしゃがむと、手のひらを上に向け、両手を水のなかにつっこんだ。

俊介は、息をこらして水面《みなも》を見つめた。

すると、一メートル以上もありそうな、茶色のなまずみたいな、オオサンショウウオの胴体《どうたい》や尾《お》が見えた。

岩が動いたのではなく、オオサンショウウオが、岩のくぼみに頭をつけていたのだ。

あきちゃんは、両手の上にくねくねと乗ってきた、オオサンショウウオのお腹を、指でつんつんとつっついた。

「しゅんちゃん、さわってみ」

「いいの？」

「ああ、だいじょうぶだ」

俊介は腰《こし》をかがめ、おそるおそる、オオサンショウウオの背中《せなか》をさわった。

ぬるぬるとしていたので、思わず手を引っ込めた。

あきちゃんはわらいながら、オオサンショウウオの頭をなでた。

「なれりゃあ、なんともねえ。いいやつなんだ。なあ、さんしょう」

俊介は、あきちゃんが何かいうたびに、こわくも気持ち悪くもなく、平気になった。

俊介は思い切って、オオサンショウウオの頭をなでた。

オオサンショウオは、別にいやがりもしないで、じっとしている。

俊介は、大感激《だいかんげき》で、オオサンショウウオのあちこちを触《さわ》った。

あきちゃんは、すっくと立ち上がった。

「さあて、次はどこへいくべえか」

俊介は楽しくてしかたない。

うきうきと立ち上がると、山の中を見渡《みわた》して、どこにしようか迷った。

「ううーんとね…。そうだ！　つちの子がいるところがいいかな。あっ、熊《くま》とすもうをしている、あきちゃんも見てみたいなあ」

そのときだった。

俊介の後ろのほうで、かん高い声がした。

「ぼく、どうしたの。なにしてるの？」

俊介はびっくりして、ふり向いた。

「ぼく、そこでなにしてるの。てっきりおばあちゃんの部屋にもどっていると思ったわ」

そこには、なごみの家の斉藤《さいとう》さんが、ほうきとちりとりを持って立っていた。

俊介は、目をぱちぱちさせた。

「えっ、あれっ……」

あきちゃんは……

見渡《みわた》した山の中は……

そこは、竜天山《りゅうてんやま》の山のなかではなく、なごみの家の後ろにある、雑木林《ぞうきばやし》を少しはいったところだった。

あきちゃんのすがたは、もうどこにもない。

(そっかあ。ぼく……)

「おばあちゃんに似《に》て、ぼうやも雑木林《ぞうきばやし》が好きみたいねえ。ここって、何かあるの?」

斉藤《さいとう》さんは、首をかしげると、家の前をほうきではきだした。

俊介は、わくわくしたまま、猛《もう》ダッシュで、あきおばあちゃんの部屋にかけこんだ。

ソファーに座って、お茶を飲んでいたおばあちゃんに、俊介は息をはずませて告《つ》げた。

「あのね、おばあちゃん。ぼく……　おばあちゃんの子どものときの、あきちゃんとね、竜天山の山のなかで遊んできたよ」

あきおばあちゃんは、えっ？　と、口を開け、俊介の顔を見つめると、目を輝《かがや》かせた。

「竜天山って、もしかして、そこの雑木林かい？」

「うん、あの雑木林、ぼくがね、竜天山にしたんだ」

おばあちゃんは肩《かた》に力を入れ、うん、うんとうなずいた。

「そうかい、そうかい。そりゃあすごいね。それで、竜天山や、あきちゃんは、どうだったい？」

「うん、あきちゃん、かっこいいよ。ぼく、あきちゃんと、杉《すぎ》の木のてっぺんから、空にとび出して、鳥よりも速く飛んだんだ」

あきおばあちゃんは、へえーと、言葉をのばした。

俊介は、わくわくと話す。

「それでね、その後、空からいのししに飛び乗って、オオサンショウウオのいる川まで、あきちゃんと競争したの」

あきおばあちゃんは、湯飲み茶わんを、テーブルの上にそっと置いた。

「そりゃあ、楽しかったろうね。いいね、しゅんくんは。うらやましいね」

「ぼくね、オオサンショウオに触《さわ》ったんだよ。さいしょはね、ぬるぬるしていて、気持ち悪かったけど、なれたら平気になったよ」

「うん、うん。そうかい、そうかい」

「それでさあ、あきちゃんが、次はどこへ行こうかっていってね、ぼくは行きたいところ、見たい物がたくさんあったので、考えてたんだ」

おばあちゃんは、こくりとうなずいた。

「そのときね、ホームのおばさんが、ぼくのこと呼んだの。そうしたらね、竜天山《りゅうてんやま》が雑木林《ぞうきばやし》にもどってしまったわけ」

俊介は、すごく残念《ざんねん》だった。

すると、あきおばあちゃんは、俊介の手をとり引きよせて、頭を二、三回くりくりとなでた。

Shinobu

「しゅんくんの作る竜天山って、ばあちゃんの遊んだときよりすごいね。また今度きたとき、そのつづきを考えたらどうだい」

「そうか、そうだよね」

「ああ、そうしたら、ばあちゃんにも教えておくれ。楽しい話だね」

俊介は、おばあちゃんから、頭をなでてもらったのは初めてだった。うれしかった。

ぼくのおばあちゃん……。あきちゃん。

「うん、わかった。これは、ぼくとおばあちゃんだけの秘密《ひみつ》だよ」

「ああ、もちろんだよ」

おばあちゃんは、うなずくと、俊介の肩《かた》を軽くポンとたたいた。

「じゃあ、今日はこれでお帰り。ひとりで帰れるかい?」

「だいじょうぶ。また、来るからね」

俊介が帰りしたくをしていると、ドアの外からパタパタと足音をたて、斉藤《さいとう》さんが車の鍵《かぎ》をちゃらちゃらさせながら、ドアをとんとんとたたいた。

「ぼく、もう帰る時間でしょ。駅のそばまでいくから、乗っけていくわよ」

おばあちゃんは、にこっとした。

「ちょうど、いま、帰るところだったのよ。良かったね。じゃお願いします」

俊介は、あきおばあちゃんに、思いきり手をふった。

「じゃあね。おばあちゃん。またね」

斉藤《さいとう》さんは車にむかいながら、俊介に話しかけた。

「ぼく、おばあちゃんのこと、好きなのね」

「うん、だいすき」

駅まで車で送ってもらった俊介は、電車も間違えることなく柏《かしわ》駅についた。

## 7　ママの妹　優子《ゆうこ》おばさん

家につくと、玄関の鍵は開いていて、リビングのほうから、にぎやかなわらい声がしている。

ドアの前で、肩《かた》をいからせたママが立っていると、覚悟《かくご》していた俊介は、首をかしげた。

俊介が、部屋のなかをうかがいながら、そろりそろりと、リビングにはいっていくと、そこには見なれない女のひとが、ソファーに座っていた。

ママより四、五歳《さい》くらい若《わか》そうな、こっちむきのおばさんは、俊介を見ると、にこにこと手まねきした。

「ハーイ、しゅんくんね。大きくなったこと。わたしのことおぼえてる?」

ママと琴美《ことみ》お姉ちゃんが、同時にふりむいた。お姉ちゃんと目が合った。

お姉ちゃんの目は、俊介をぐっとにらんでいる。

「しゅん、勝手に遠くまでいっちゃいけないんだよ。ねえママ」

ママはお客さんがいるからか、叱《しか》りたいのを、こらえている。

「そうよ、俊介。心配したわよ」

ママは女のひとに目を移した。

「それでね、ここにいるひとは、ママの妹の優子《ゆうこ》ちゃん。俊介が赤ちゃんの時に会っただけだから、おぼえてるはずないと思うけど」

俊介は、ママにきつく怒《おこ》られないのでホッとして、おばさんにあいさつした。

「こんにちは」

（まえにママから聞いたことがあったけど、このひとがママの妹なのかあ）

ウエーブのかかった長い髪《かみ》。薄《うす》い茶色の半袖《はんそで》のシャツに白のパンツ。さっそうとしている。

琴美《ことみ》お姉ちゃんは、スキップするように、おばさんの横へ移動すると、俊介におばさんの事を知ったかぶりして話した。

「優子《ゆうこ》おばさんはね、アメリカで写真のお仕事をしているんだよ」

おばさんの顔を、のぞきこむお姉ちゃんは、ごきげんでたずねる。

「ねえ、ねえ、おばさん。おばさんのお友だちは、みんな外国のひと?」

「そうね。アメリカ人が多いかしら。それに、ほかの国のひとや、日本人もいるわよ」

おばさんは、にこにことお姉ちゃんにこたえた。

俊介は、リュックをじぶんの部屋に置いてくると、ママのとなりに座った。

俊介にも、優子《ゆうこ》おばさんの話が新鮮《しんせん》だった。琴美《ことみ》お姉ちゃんは、あこがれの目で、次々《つぎつぎ》と、おばさんに質問している。

優子おばさんも楽しそうだ。

「琴美ちゃんも、おとなになったらくる?」

お姉ちゃんはいっしゅん、とまどってこたえた。

「うーん、どうしよう」

お姉ちゃんの質問が、とぎれたころ、優子おばさんは、お茶を入れかえているママにいった。

「急に来ちゃってごめんね。日本には、あと三日間いられるの。今晩はここへ泊《と》めてもらって、明日、あさっては仕事。あとの一日…」

こんどは、俊介を見た。

「しゅんくん。ママに聞いたんだけど、おばあちゃま、元気ないんですって？　それでね」

「えっ？」

「わたしを、おばあちゃまのいる、ホームへ案内《あんない》してくれないかな？」

琴美《ことみ》お姉ちゃんは、おどろいて、おばさんにつげた。

「おばさん。ホームへ行ったって、なんにもおもしろいことないわよ。林のなかにあるんだから」

優子おばさんは、にこりとした。

「おばあちゃまにもお会いしたいし、できたら、ホームにはいっているひとたちも、写真に撮《と》りたいの」

琴美お姉ちゃんは、納得《なっとく》できないというふうに、うわ目づかいにおばさんを見た。

「そうかなあ」

優子おばさんは、俊介に答えをさいそくした。

「ＯＫ？」

俊介は、どぎまぎこたえた。

「うん、ああ、はい」

じきにパパも帰って来て、優子おばさんをかこんで、にぎやかな夕ご飯となった。

お姉ちゃんは、ずっとはしゃいでいて、ごきげんで優子おばさんをさそった。

「ねえ、おばさん、わたしの部屋でいっしょに寝よう」

次の日、優子おばさんは大きなバッグを肩《かた》にかけ、早くから出かけていった。アメリカで有名なひとを、取材《しゅざい》しているんだそうだ。

パパもママもいつも通り仕事に行き、家のなかはまた、俊介とお姉ちゃんだけとなった。

でも今の俊介はちがった。

本物の夏休みが、はじまった気がした。

何をしていても、鼻歌《はなうた》がでそうなくらいだ。

お姉ちゃんもなんだか、おちつかない。

「うーん、わたしも行ってもいいんだけど、塾《じゅく》があるからねえ」

# 8 雑木林《ぞうきばやし》のなかで

けっきょく、琴美《ことみ》お姉ちゃんは塾《じゅく》を休めず俊介と優子おばさんとで行くことになった。

ふたりは、朝ご飯がすむと、さっそく、あきおばあちゃんのいるなごみの家にむかった。

(優子おばさんが行ったら、あきおばあちゃん、きっと、びっくりするぞ)

俊介は、あきおばあちゃんが、どんな顔をするのか、想像しておかしかった。

それから、あの林のなかを竜天山《りゅうてんやま》にして、あきちゃんとまた遊びたいと思った。

光風台《こうふうだい》駅につくと、優子《ゆうこ》おばさんになごみの家まで、歩いて行くことを提案《ていあん》した。

「あのね、おばさん。なごみの家まで行く途中《とちゅう》、ジャングルみたいなところもあるんだよ。おもしろいから歩いていかない?」

すると、おばさんは、何を思ったのか、カメラがはいっているバッグを、肩《かた》からはずすと、俊介の前にグイッと出した。

「いいわね。歩こう。そのかわり、しゅんくん、このバッグ持ってくれる?」

俊介はびっくり、バッグを受け取った。

「しゅんくん、バッグよろしくね」

優子おばさんの目は、ちゃんと持ってねといっている。

受け取ったバッグは、ずしりと重かった。

（おばさん、どうしてぼくにバッグ持たせたのかな？　だってバッグのなかには、おばさんの大切な、カメラがはいっているのに……）

大切なバッグをまかされて、俊介は背中がビシッとしてきた。

駅前をぬけ、信号のある三さろあたりにくると、さすがにバッグが肩《かた》にくい込む。

俊介は、よいしょっ、と口のなかでいうと、バッグをかけ直した。

優子おばさんの助手をしているみたいで、がんばれる気がした。

じきに雑木林《ぞうきばやし》の入り口になった。

木々《きぎ》に囲《かこ》まれた道のなかを歩きながら、おばさんは、俊介に声をかけた。

「しゅんくん。どんな場所がおすすめ？」

「あっ、もう少し行ったところ。でも林のなか、みんないい感じだよ。木たちが、ぼくらと同じように、生きているのがわかるもの」

「そっかあ！　しゅんくん、バッグからカメラ出したいの。いいかな」

「はい」

俊介は立ち止まり、肩《かた》をずらしてバッグを両手でそっと降《お》ろした。

「おばさん、写真撮《と》るの？」

優子おばさんは、バッグのなかから一台のカメラをていねいに出した。

「そう、しゅんくんのお気にいりの林でしょ」

俊介はおばさんの動きを、きんちょうして見つめた。

シャッターを切るカシャッという音が、すごく新鮮《しんせん》に聞こえる。

優子おばさんは、どんどん雑木林《ぞうきばやし》のなかにはいっていく。

俊介は、（おばさん、すごーい。ママなら絶対《ぜったい》はいらないよ）と、おどろきながら、おばさんの後を追った。

おばさんは、俊介が見せたかった、つたにからまれた大木や、地面までたれさがった太いつるなどへレンズを向け、次々《つぎつぎ》とカメラのシャッターを切っている。

俊介はうれしくなって、ねじりはちまきみたいにからみあった木や、こもれ日が射《さ》して、不思議な形ができた木々《きぎ》のすきまなど、おもしろそうな場所を探《さが》しては、おばさんにおしえた。

「おばさん、こっち、こっち」

優子おばさんは、俊介がしめす場所に身軽にくると、

「いいね、いいね！」と、いいながらカシャカシャとシャッターを切った。

俊介は勇《いさ》んで、林のなかを案内《あんない》した。

寄《よ》り道をしながらも、いつしか俊介たちは、なごみの家に近づいていった。

建物が見えたおばさんは、撮影《さつえい》をやめ、カメラを肩《かた》にかけた。

「しゅんくん、バッグ、けっこう重かったでしょう。ありがとう」

俊介は、（がんばって持ってよかったあ）と、思った。

優子おばさんは、ぼくがちゃんと持てると思って、だいじなバッグを預《あず》けたんだ。

なんだかちょっと、おとなになった気分がした。

バッグを、おばさんに返した俊介は、ためらわずにいった。

優子おばさんなら、あきおばあちゃんの願いをかなえてくれるかもしれない。

「あのね、おばさん。ぼくこの雑木林《ぞうきばやし》をあきおばちゃんが、子どものころ遊んだ竜天山《りゅうてんやま》にしちゃったんだ」

おばさんは、俊介の顔を見つめた。

「うん？　どういうこと？」

俊介は、ここぞとばかり一気にいった。

「ぼくの作った竜天山で、子どものときのあきおばあちゃんと、いのししに乗ったりして、遊んだんだ」

優子おばさんは、俊介の目をしっかりと、見すえた。

おばさんは、ほほえんだ。

「そうか、しゅんくんが考えだした、竜天山ってことね！」

「うん、そう。この前、あきおばあちゃんの友だちの、とみおばあさんと、おばあちゃんが、話しているのを聞いてたら、すごくおもしろいんだ」

俊介は思っていることを、夢中《むちゅう》で話した。

「この雑木林《ぞうきばやし》はね、竜天山《りゅうてんやま》に似《に》ているところがあるんだって。それでね、ぼくがこの雑木林を見ているうちに、ぼくの想像した竜天山ができてきて」

優子おばさんは、俊介の気持ちを思い切りすくい取ってくれた。

「しゅんくん、すごい、すごい。いいんじゃないの。しゅんくんの作りだした竜天山で、子どものときの、おばあちゃまと遊ぶなんて」

「あきおばあちゃんはね、すごーく、この雑木林にはいりたがってるんだ。きっと、ぼくんちにいたときと違《ちが》って、木がいっぱいあるから、よけい竜天山を思いだしたんだと思う」

おばさんは、そっと、つぶやいた。

「そっかあ……。竜天山で遊んだ昔《むかし》がなつかしいんでしょうね。よっぽど楽しかったのね」

優子おばさんは、出てきたばかりの雑木林を、ゆっくりふり返った。

「ねえ、しゅんくん。わたしたちで、おばあちゃまを、この林のなかにつれてきてあげよう！」

Shinobu

「そしてね、おばあちゃまの好きな、竜天山にしてもらえばいいんじゃない。しゅんくんみたいに」

俊介がいいたいことを、優子おばさんは、わかってくれた！

「よかったー。おばあちゃん、よろこぶよ！」

話が決まると、俊介と優子おばさんは、早足でなごみの家めがけた。

優子おばさんは事務室《じむしつ》にいき、部屋にいた斉藤《さいとう》さんたちにあいさつをすると、おばあちゃんを、雑木林《ぞうきばやし》のなかに連れていきたいと話した。

俊介はそれを見て、先を急いだ。

「おばさん、ぼくあきおばあちゃんの部屋にいってるね」

あきおばあちゃんの部屋のドアを、リズムをつけて、たんたんたんと、ノックした。

テレビを観ていた、あきおばあちゃんは、夢《ゆめ》からさめたように、目をパチパチさせた。

「おや、まあ、しゅんくん。これはいったいどうしたことだい？」

「うふふっ、それにね、優子《ゆうこ》おばさんもいっしょだよ！」

「優子さんて、アメリカにいる、ママの妹の優子さんかい？　どういうことなの」

「うん、そう。それでね、おばあちゃんにいい話」

俊介は、おばあちゃんのそばにかけよると、優子おばさんと計画したことを、話して聞かせた。

あきおばあちゃんは、目を大きく開けて声をはずませた。

「あららら、ほんとかい。うれしいねえ！」

よろこぶおばあちゃんを見て、俊介の胸もはずんだ。

じきに、優子おばさんがやって来た。

おばあちゃんと、なつかしそうに、ひとしきり話していたおばさんは、雑木林《ぞうきばやし》の話をきりだした。

「ところで、しゅんくんから、聞いてくれましたか？」

おばあちゃんは、うきうきこたえた。

「聞きました。聞きました。優子さんまで来てくれて、その上、どうどうと、雑木林にはいれるなんて。今日はなんていい日なんだろ」

「じゃ、早速《さっそく》いきましょうか」

優子おばさんも、カメラを肩《かた》にかけた。

「はい、はい」

あきおばあちゃんは、いそいそと、くつを手に持つとおおはりきりだ。

「さあ、いこうかね！」

俊介は、優子おばさんと顔を見合わせ、力強くうなずいた。

俊介を先頭に、三人が事務室《じむしつ》の横から、雑木林《ぞうきばやし》にはいりかけたとき、斉藤《さいとう》さんが事務《じむ》室《しつ》のなかから、おばあちゃんに声をかけた。

「よかったわねえ。上田《うえだ》さん」

もう林のなかに、足をふみ入れているおばあちゃんは、歩きながら元気のいい声で返事をした。

「おかげさんで」

おばあちゃんは歩きながら、雑木林のなかをゆっくりと見まわした。

「うん、うん。なんだか生き返ったような気がするよ」

優子おばさんが、俊介に声をかけた。

「さーて、しゅんくん。どう行く？」

俊介は、はり切ってこたえた。

「おばあちゃんが、いいというまで。この雑木林《ぞうきばやし》のなか、ぜーんぶ」

おばさんは、俊介にまかせたとばかりいった。

「そーか、そうだね。いこ、いこ」

五分ほど進んだとき、とつぜん、

♪むーらの　ちんじゅの　かーみさまのー
あきおばあちゃんが、しゃがれた声で歌を唄《うた》いだした。

俊介がおどろいてふりむくと、優子おばさんも、おばあちゃんに、合わせるように唄《うた》っている。

♪きょうーは　めでたい　おまつりびー
俊介の知らない歌だ。

「なんていう歌？　昔《むかし》の歌なの」

「そう、ずいぶん昔《むかし》の歌ね。でも、楽しい歌よ。たしか、村祭りっていったと思う。なん

THEATER
BURU

となくおぼえているわ。しゅんくんも、おぼえちゃうわよ。いっしょに唄《うた》おう」

「うん！」

俊介もまねをして唄った。

♪どんどん　ひゃらら　どんひゃらら
俊介は、おばあちゃんが子どものころを思い出したんだなと、うれしくて、ますますはりきった。

あきおばあちゃんは、唄《うた》い終わると、歌のつづきみたいに、前方に立っている、背高《せいたか》のっぽの大きな木を指さした。

「しゅんくん。あれが、もしかして、てっぺんによじ登った木かい？」

俊介は立ち止まって、（うん、ぴったりの木かも）と、おばあちゃんをまった。

「うん、そうだよ。大きい木でしょ」

「ああ、大きいね。あの木のてっぺんから、とび出したのかい！」

「そうだよ。おばあちゃん、登る？」

あきおばあちゃんは、ふと、ため息をついた。

「登りたいんだけどねえ。でもねえー。足が完全に治《なお》ってないのかね……」

おばあちゃんは、すぐに、じぶんをふるいたたせるように、はっきりといった。

「いいや、登るさ」

でも、俊介には、おばあちゃんがためらった理由がわかった。

この雑木林《ぞうきばやし》にはいってからの、おばあちゃんを見ていると、唄《うた》ったり、しゃべったりするのは、普通でも、歩く速さは、ゆっくりでなくては歩けない。

足が治《なお》ってないんじゃない。

じぶんの思うように、体が動かないんだ。

もう、子どものときのあきちゃんと同じではない。

雑木林《ぞうきばやし》を目の前にして、林のなかを走りたい気持ちも、木に登りたい気持ちもあるのに、それができない。

それはどうにもならない事だと、じぶんで認《みと》めたくなかったのかもしれない。

だから、斉藤《さいとう》さんたちに止められる前に、じぶんの体に怒っていたんだ。

おばあちゃん、くやしいんだろうなあ……

俊介は、背高《せいたか》ノッポの木まで、思い切り走るとさけんだ。

「こんどは、ぼくがあきちゃんの手をひっぱってあげる！」

こくりとうなずいた、あきおばあちゃんは、木の下までせいいっぱいの早さで歩いて来た。

「しゅんくん、たのむよ。さあ、ひっぱっておくれ」

俊介は木の幹《みき》に両手を回すと、よいしょ、よいしょと、声を出して三メートルほど登った。

そして、おばあちゃんに手をさしだし、明るくいった。

「よーし、ひっぱるよ。そーれっと」

おばあちゃんは、俊介の手をしっかり、つかんだ。

俊介も手のひらに力をこめて、おばあちゃんの手をにぎった。

「見えた？　竜天山《りゅうてんやま》のなか！」

おばあちゃんは、いっしょうけんめい背伸《せの》びした。

「ああ、見えるともさ。なつかしいねえ。いいながめだ。おや、遠くで熊《くま》が何か食べているよ」

俊介も、おばあちゃんの話しに合わせた。

「ほんとだ。何を食べてるのかなあ」

優子おばさんは、カメラで俊介とあきおばあちゃんを写《うつ》している。

しばらくすると、あきおばあちゃんは、静かに俊介から手を離《はな》した。

「しゅんくん、ありがとね。ばあちゃん、ものすごく楽しかったよ」

「えっ？」

俊介は、木から降《お》りながら聞いた。

「どうしたの？」

あきおばあちゃんは、さわやかな顔だ。

「ぼやいてばかりじゃ、しょうがない。何かはじめるよ。今のわたしができることをさ」

おばあちゃんのいっている意味が俊介に伝わり、胸がジーンとなった。

優子おばさんは、目をしばたいた。

「そろそろ、おばあちゃまの部屋に、もどりましょうか」

俊介は、あきおばあちゃんに確認《かくにん》した。

「もどって、いーい？」

おばあちゃんは、満足そうにうなずいた。

「ふたりとも、ありがとう。こんなに楽しい時間を過ごしたのは、久しぶりだよ」

俊介は歩きながら、唄《うた》いだした。

♪むーらの　ちんじゅの　かーみさーまの
そこまで唄って、おばあちゃんにたずねた。

「おばあちゃん、つぎはなんだっけ」

おばあちゃんは、口を大きくあけて唄《うた》った。

♪きょうーは　めでたいおまつりびー
俊介も唄う。

優子おばさんは、カメラをかまえると、俊介たちを、カシャカシャと撮《と》っている。

林の出口に近づくと、事務室《じむしつ》のなかから、斉藤《さいとう》さんが顔を出した。

「お帰りなさい。上田《うえだ》さん、林のなかは満喫《まんきつ》できましたか」

あきおばあちゃんは、にっこりとこたえた。

「おかげさんで。楽しかったよ」

優子おばさんは、斉藤《さいとう》さんにたのんで、なごみの家のひとたちを写《うつ》しはじめた。

俊介もあきおばあちゃんも、いっしょについて行った。

最初はとまどっていた、おじいさんやおばあさんも、なれてくると、じぶんから笑顔《えがお》を見せてくれるようになった。

優子おばさんは、みんなに話しかけながらきびきびと、カメラのシャッターを押しつづけた。

次の日、優子おばさんはアメリカにもどっていった。

俊介は気になっていた大輝《だいき》くんに、仲直《なかなお》りしようと電話をすると、大輝《だいき》くんが、すっとんきょうな声をあげた。

「これから、しゅんくんのところに、海に行ったおみやげを、持ってこうとしてたんだよ」

「ほんとう！　まってるね」

## 9　なごみの家　立ち上がる

やがて、俊介たちの夏休みも終わり、二学期がはじまったある日。

優子おばさんから、あの林のなかで撮《と》った写真や、なごみの家の写真が、たくさん送られてきた。

手紙には、あきおばあちゃんのところへも同時に送ると書いてある。

写真は、笑った顔、真剣な顔、唄《うた》っている顔、どれもみな表情豊かに映っている。

横からのぞきこんだ、琴美《ことみ》お姉ちゃんは感心している。

「さすが、プロだね」

俊介も、じぶんがこんなにいろいろな表情で、写してもらったのは初めてだ。

「ぼくもおばあちゃんも、こんな顔してたんだあ。優子おばさん、いつのまに写したんだろ」

お姉ちゃんが、気をきかせた。

「しゅん、写真が着いたかどうか、おばあちゃんに電話してみたら」

「うん！」

俊介は、おばあちゃんとふたりで写った写真を持って、受話器を取った。

「もしもし」というなり、あきおばあちゃんの方が先に話しだした。

「写真だろ。もう着いてるよ。それでね、しゅんくんに、話したいことがあってね」

俊介は、なんだろう？　と首をかしげた。

「なに、なに」

おばあちゃんの声が、ゴムまりみたいに、ぽんぽんはずんでいる。

「まずね、できることからはじめようと、考えついたのがね」

「うん、何をするの？」

「うふふっふ。今日の昼ごはんのとき、着いたばかりの写真を、食堂に持っていったんだよ。それを見てね、みんなもう、よろこんじゃって。よく写っているものね」

「うん！」

俊介は、写真を撮《と》ってもらっているときの、なごみの家のひとたちの顔を、思い浮かべた。

「そのときにね、写真を見ながら、しゅんくんが裏《うら》の林を、竜天山にした話をしたんだよ」

「へえ、そうなんだ」

「ああ、そうしたらね、ひとりのひとがね、『楽しいわねえ。そういうの』って、いってね。なんか話がはずんじゃってね」

うれしそうなおばあちゃんの声が、俊介にずんずん伝わってくる。

「ひとり、ひとりの顔を見くらべてね、写真をわたしたら、みんながいうんだよ」

「なんて？」

「『この顔には、この顔の、昔にない良さがある。しわだって、アクセサリー。いい表情だ』ってね」

おばあちゃんは、大きく息をついた。

「ほら、ボーっとしてちゃもったいない。わたしたちも、何かつくりましょうよ。と、なったわけ」

「うわっ、いいね」

「でも、ばあちゃんたちは、頭はコチコチにかたいからね。しゅんくんみたいには、いかないだろ。そうなると、事実を書くしかないね、と、なって」

Shinobu

「えっ?」

「事実は、想像よりも奇《き》なりさ」

「どういうこと?」

おばあちゃんは、自信たっぷりだ。

「ほんとにあったことのほうが、強いってことかね。竜天山《りゅうてんやま》のことだって、まだ、だれにもいってない話が、たーくさんあるからね」

「みんなもね、なんでもいいから、思い出して書いてみようかなって、いいだしてね。なんてたって、紙と鉛筆があればいいわけだからね」

にぎやかな、その場の光景が浮かんでくる。

「よかったね、おばあちゃん。書けたらぼくにも見せてね」

おばあちゃんは、威勢《いせい》がいい。

「ああ、もちろんだよ。それにね、しゅんくん。なかにはね、若《わか》いころ、外国船の乗組員《のりくみいん》だっ

たひともいるんだよ。おもしろい話がありそうだよ」

　俊介が、考えもしなかったことだ。

「ほんと！　もしかして、海賊《かいぞく》に出会ったとかするんじゃない？　そうすると、ほかにも、いろいろな話があるかも！」

「ああ、そのひと、そのひとの人生があるからね。それに、みんな、何かしたかったんだよ、きっと」

　おばあちゃんは、クスッとわらって、また話しだした。

「年をとったら、どうしても昔のようにはいかないよ。現実は現実として、受け止めて。引きこもらないで、明日にむかって一歩踏みだそうって」

「そうなんだ！」

「それでね、じぶんが楽しみながら、世のため、人のためになることもしたいわねぇ。なーんて、話にまでなっちゃってね」

「すごい、すごい。なごみの家のひとたち、元気もりもりだね」

　今まで、こんなに話したことはないというほど、話しつづけたあきおばあちゃんは、電

SPRING MAIL
Shinoby

話を切るとき、

「しゅんくんが、こんど来たとき、どんな話が聞けるか、楽しみにね。それにもっと、いろんなことを、やっているかもしれないよ」

俊介と竜天山《りゅうてんやま》で遊んだときの、あきちゃんみたいな、すごーく、元気のいい声でいった。

# あとがき

中村《なかむら》　千鶴子《ちづこ》

人は誰でも歳月《さいげつ》を重《かさ》ね老《お》いていきます。いつの間にか自分の周《まわ》りの環境《かんきょう》も人も、以前《いぜん》とすっかり変っている事に気づき、寂《さび》しさや孤独感《こどくかん》におそわれ、できるものなら、楽しかった昔に戻りたいと思う方は多いと思います。でもそれは無理な事だとわかっているから歯がゆいのでしょう。

歯がゆさが本の中のあきおばあちゃんのように、頑固《がんこ》になったり、見ようによっては、わがままに、とられたりするのではないでしょうか。

この、あきおばあちゃんのような人生の先輩である高齢者《こうれいしゃ》の方と、私が以前から書きたかった、少年の純粋《じゅんすい》さや優《やさ》しさ、そして空想《くうそう》をする時の子どもの楽しそうな言葉、動作《どうさ》などを織《お》りまぜて、一つの物語を作りあげたいと思いました。

高齢者が置かれている、それぞれの立場の中で、心を輝かせ、楽しく生きていけるお手伝いが自然体に、少しでもできたらと思います。

それは子どもだけでなく、誰かがちょっと手を差しのべる事により、寂しさや、あきらめは、元気や、やる気に変っていくのではないでしょうか。


ぬくもりや、夢のある素敵な絵を描いてくださった、板絵画家の有賀忍さま、おかげでこの本は輝きました。

また銀の鈴社の柴崎俊子さま、西野真由美さまには大変お世話になりました。ありがとうございました。（私の孫の小三の太一くんには、ヒントをもらいました。ありがとう）

二〇一二年七月

中村千鶴子《なかむらちづこ》

東京都生まれ。詩人で児童文学者・故おのちゅうこう氏に師事。日本児童文芸家協会会員。

創作童話「かざぐるまの会」（日本児童文芸家協会・流山サークル）同人。

第７回国民文化祭、児童文学部門佳作受賞。

単行本には「となりに来た不思議な家族」（単独舎）「再試合はクリスマスイブ」（けやき書房）「もう一つの村」（けやき書房）

共著には〔心にのこるみんなの体験〕「台風におそわれたキャンプ」（日本児童文芸家協会編著・金の星社刊）

有賀《ありが》　忍《しのぶ》

板絵画家／絵本作家。現代童画会常任委員。相模女子大学子ども教育学科特任教授。信州で幼少期を過ごす。板を彫り描く「板絵」を制作。イルフ童画館、駒ヶ根高原美術館等、岡谷、東京、神戸、明石、松山にて個展。画集『有賀忍作品集』（日貿出版社）、板絵による絵本『ほしのよる』（サンパウロ）がある。他には『こんなこいるかな』（講談社）『クレヨンまる』（小学館）『YELLOW HAT』（英 Child Play 社他５カ国）『おとうさんのやくそく』（メイト）等多数。

NDC913
中村千鶴子　作
神奈川　銀の鈴社　2012
132P　21cm（俊介《しゅんけす》とおばあちゃんの竜天山《りゅうてんやま》）

定価＝一、二〇〇円＋税

鈴の音童話
俊介《しゅんすけ》とおばあちゃんの竜天山《りゅうてんやま》

二〇一二年七月二二日　初版
著　者——中村千鶴子©　有賀忍　板絵©
発　行—㈱銀の鈴社　http://www.ginsuzu.com
発行人—柴崎　聡　西野真由美
〒248—0005　神奈川県鎌倉市雪ノ下三—八—三三
電　話　0467(61)1930
FAX　0467(61)1931
〈落丁・乱丁本はおとりかえいたします。〉
ISBN978-4-87786-619-8 C8093
印刷・電算印刷　製本・渋谷文泉閣